H. P. LOVECRAFT

CONTOS · VOLUME III

H. P. LOVECRAFT

CONTOS · VOLUME III

SUMÁRIO

H. P. LOVECRAFT: DO HORROR SOBRENATURAL
AO HORROR CÓSMICO   7

H. P. LOVECRAFT · CONTOS VOLUME III

A CIDADE SEM NOME   19
A COISA NA SOLEIRA DA PORTA   41
O CÃO DE CAÇA   85
O DEPOIMENTO DE RANDOLPH CARTER   99
OS SONHOS NA CASA DA BRUXA   111

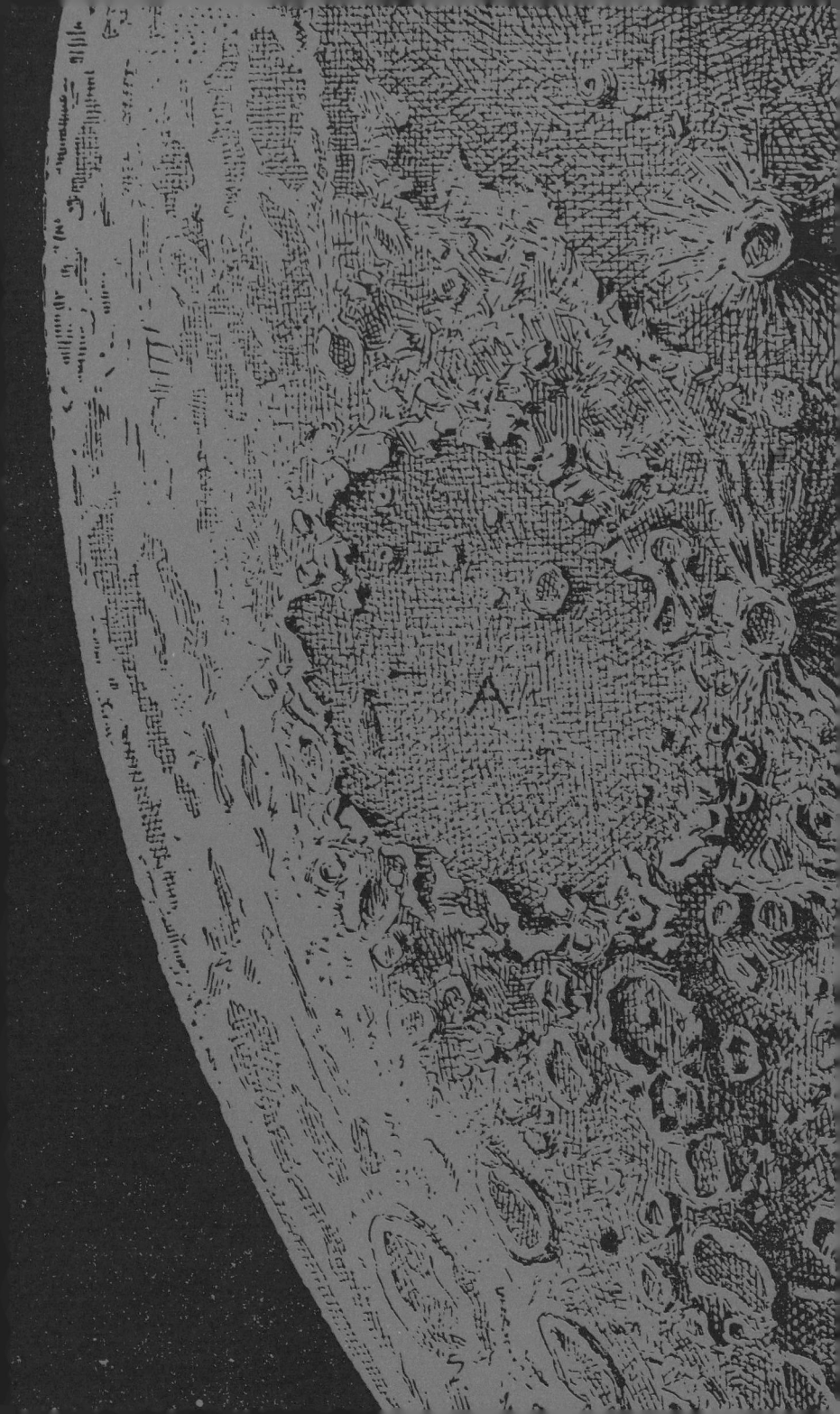

H. P. LOVECRAFT: DO HORROR SOBRENATURAL AO HORROR CÓSMICO

Daniel Dutra*

O Horror Cósmico, um conceito teórico criado por H. P. Lovecraft para descrever tanto a sua própria literatura quanto a que ele apreciava, com o tempo passou a ser utilizado para designar um estilo particular de literatura de horror fundado e difundido por ele. Porém, Lovecraft não começou escrevendo Horror Cósmico, muito pelo contrário, as suas primeiras histórias de horror eram bem convencionais, seguindo o paradigma de horror sobrenatural estabelecido por antecessores como Edgar Allan Poe e Algernon Blackwood — autores que Lovecraft admirava profundamente. A exceção de "A coisa na soleira da porta" e "Os sonhos na Casa da Bruxa", todos os contos presentes nesta edição pertencem à fase inicial de sua carreira.

Para compreendermos a trajetória de Lovecraft, e como contos como "A coisa na soleira da porta" e "Os sonhos na Casa da Bruxa" são bons exemplos de um Lovecraft numa fase madura, precisamos primeiro compreender a evolução do gênero horror entre o final do século XIX e início do século XX.

---

* Doutor em Literatura Comparada pela Universidade Federal do Rio Grande do Sul. É autor de *O horror cósmico de H. P. Lovecraft: Teoria e prática* (Clock Tower, 2017).

Tradicionalmente, o gênero horror sempre buscou sua fonte de inspiração no medo do desconhecido, conforme o próprio Lovecraft atesta em seu famoso ensaio *O horror sobrenatural na literatura*.

> O terror cósmico aparece como ingrediente do mais remoto folclore de todos os povos, cristalizado nas mais arcaicas baladas, crônicas e textos sagrados. Na verdade, foi feição proeminente da complexa magia cerimonial, com seus ritos de conjuração de trasgos e demônios, que floresceu desde os tempos pré-históricos e alcançou seu máximo desenvolvimento no Egito e nos países semitas. [...] A Idade Média, mergulhada em fantasiosa escuridade, deu-lhe enorme impulso no sentido da expressão; e Oriente e Ocidente empenharam-se igualmente em preservar e amplificar a herança tenebrosa, quer do folclore disperso quer da magia e do ocultismo academicamente formulados, que lhes fora transmitida. Bruxas, vampiros, lobisomens e duendes incubaram ominosamente na tradição oral dos menestréis e das vovós, e não precisaram muita incitação para num passo final transporem a fronteira que divide a ode e a cantiga da composição literária formal (Lovecraft, 1987, pp. 7-8).

E conclui:

> Em todo o século XVII e parte do XVIII observamos uma massa efêmera de lendas e baladas de feição astrosa, se bem que reputada muito abaixo da literatura refinada e consagrada. Folhetins de horror e assombração proliferaram, e podemos entrever o ávido interesse popular através de fragmentos como A Aparição de Mrs. Veal, de Defoe, um relato prosaico da visita espectral de uma morta a uma amiga distante, escrito para disfarçadamente

promover uma dissertação teológica sobre a morte, que vendia mal. As camadas mais altas da sociedade estavam perdendo a fé no sobrenatural e embarcando num período de racionalismo clássico (Lovecraft, 1987, p.11).

Essas breves passagens nos fornecem um panorama da literatura de horror entre o século XVII e o início do século XX. Neste mundo novo, onde a ciência toma o lugar do misticismo, o gênero horror necessitava de uma renovação para se adaptar aos novos tempos, e Lovecraft, através de seu Horror Cósmico, a forneceu. Antes de prosseguirmos, cabe uma breve definição do que seria Horror Cósmico. Segundo Lovecraft, o Horror Cósmico seria um tipo específico de medo provocado pela literatura de horror:

> O medo a que Lovecraft se refere é de um tipo muito particular, a saber, o medo de forças que estão além da nossa compreensão, onde o simples tomar conhecimento expõe o quanto o ser humano pouco conhece da realidade em que vive ou do que existe no cosmos. Em outras palavras, quando Lovecraft fala em "medo do desconhecido", essa frase deve ser interpretada no sentido do quão pouco o ser humano sabe a respeito da realidade à sua volta (Dutra, 2017, p. 121).

O Horror Cósmico, portanto, iria além da mera literatura de horror tradicional, habitada por fantasmas, vampiros e lobisomens, e poderia ser descrita como uma literatura de horror metafísica, onde a fonte do horror é intangível. O horror nessas histórias, cujos percursores seriam autores como Arthur Machen e Algernon

Blackwood, não seria algo facilmente descritível como um vampiro ou demais criaturas míticas que habitam o imaginário popular. A essência do Horror Cósmico seria, portanto, o indescritível, o que está além da compreensão humana. Contos como "A cidade sem nome" e "O depoimento de Randolph Carter", à primeira vista, poderiam ser classificados como eficientes histórias de horror convencionais. Porém, nelas já há a semente do Horror Cósmico presente, visto que, desde o começo de sua carreira, Lovecraft evitou usar artifícios populares como a presença de vampiros ou fantasmas, em parte por julgá-los batidos e em parte porque autores que o influenciaram, como os supracitados Machen e Blackwood, também os evitavam, e principalmente porque, ao deixar vago o que seria exatamente a ameaça sobrenatural, Lovecraft se aproximava do que ele chama de Horror Cósmico. De "O depoimento de Randolph Carter", um dos primeiros contos publicados por Lovecraft, a "A coisa na soleira da porta", um de seus últimos trabalhos antes de seu falecimento, podemos observar como Lovecraft evoluiu de um protótipo de Horror Cósmico, que se confundia com uma literatura de horror convencional, a um estilo próprio de Horror Cósmico.

Em "O depoimento de Randolph Carter" somos apresentados ao protagonista Randolph Carter, que futuramente viria a ser protagonista de outras histórias do autor. Considerado um evidente *alter ego* de Lovecraft, o personagem, tal qual seu criador, é um intelectual de personalidade sensível e aspirante a escritor que cultiva um interesse pelo oculto e pelo macabro. Se o leitor tiver a impressão de que a história parece um pesadelo do protagonista, não estará errado. Lovecraft relata, em uma carta, que o conto é praticamente a transcrição de um sonho seu, onde ele apenas adicionou um preâmbulo para melhorar o ritmo da narrativa. No sonho, Lovecraft e seu amigo, o poeta Samuel Loveman, ocupam os papéis que, no conto, pertencem aos personagens Randolph Carter e Harlan Warren, respectivamente. Apesar de "O depoimento de Randolph Carter" não possuir a característica de horror em escala cósmica que dominaria a sua escrita posterior, o conto é um ótimo exemplo do que seria o Horror Cósmico que Lovecraft defendia como ideal literário, a saber, uma história de horror onde, tal qual um pesadelo, nada parece fazer sentido ou ter lógica. Se "O depoimento de Randolph Carter" tivesse sido escrito por um autor menos talentoso, ele cairia na solução fácil de simplesmente escrever algo como "a criatura era um vampiro" ou "era um morto-vivo". Entretanto, Lovecraft nos nega respostas, tal como quando acordamos assustados de um pesadelo, sem compreender ao certo o que nos causou tanto medo, e tentando montar as memórias fragmentadas do sonho, como se fosse um quebra-cabeça com peças faltando. Essa sensação incômoda que temos ao despertar de um pesadelo, sem saber exatamente o que aconteceu ou porque estamos com medo, é uma boa analogia para compreendermos o conceito de Horror Cósmico enquanto um estilo literário.

 O conto "O cão de caça", de todos os contos presentes, é o que mais se aproxima de uma história de horror convencional, onde o horror possui uma natureza fantasmagórica implícita. Ao contrário de "O depoimento de Randolph Carter", onde nunca ficamos sabendo os "como" e "porquês", em "O cão de caça" temos uma típica história de maldição do além-túmulo. O maior destaque do conto é ter sido a primeira vez em que Lovecraft cita o grimório fictício *Necronomicon*. Criado por Lovecraft, o *Necronomicon* é citado em inúmeros contos do autor. A obra fictícia fez tanto sucesso que entrou para a cultura popular. Filmes de terror, jogos de RPG e bandas de Heavy Metal se apropriaram da criação de Lovecraft em suas obras. Provavelmente a popularidade do *Necronomicon* se deve ao fato de que, por Lovecraft ter citado o grimório com tanta frequência em sua literatura, e muitas vezes ao lado de obras de ocultismo verdadeiras, muitas pessoas, durante muito tempo e mesmo até hoje, acreditaram que o *Necronomicon* fosse real, o que gerou todo tipo de lendas urbanas e fraudes (como casos de pessoas que alegavam possuir uma cópia do *Necronomicon*).

Já o conto "A cidade sem nome" pode ser considerado um protótipo de sua fase madura.

Em novelas como *Nas montanhas da loucura* (1936) e *A sombra vinda do tempo* (1936) H. P. Lovecraft chegou ao ápice de um conceito que formaria uma das bases do que posteriormente ficou conhecido como Mitos Chtulhu — termo cunhado por August Derleth para designar um conjunto de histórias de Lovecraft que se passam no mesmo mundo ficcional. Este conceito é a ideia de que o planeta Terra fora habitado há bilhões de anos por raças vindas do espaço, e que estas raças, ou seus remanescentes, ainda espreitariam nas ruínas de suas civilizações, perdidas em algum canto inóspito do planeta, aguardando o "chamado de Chtulhu" e o momento de dominar novamente o planeta. Lovecraft começou a explorar o conceito de civilizações perdidas e habitadas por criaturas inumanas em contos como "Fatos a respeito do falecido Arthur Jermyn e sua Família" (1920) e "A cidade sem nome" (1921) — embora de forma vaga e tímida se comparada às outras obras citadas (Dutra, 2018, p.12).

Na narrativa, Lovecraft começa a dar seus primeiros passos rumo a um horror em escala cósmica, ou seja, enquanto em "O depoimento de Randolph Carter" e "O cão de caça" o horror afeta apenas os personagens principais, em "A cidade sem nome" o protagonista descobre horrores sobre o passado do planeta Terra. Embora, assim como em muitos contos dessa primeira fase, Lovecraft não explique os "como" ou "porquês", investindo mais na descrição de uma atmosfera de horror, em "A cidade sem nome" podemos observar os primeiros passos rumo a um horror em escala cósmica, a saber, dentro do universo a espécie humana seria apenas uma fagulha, e como toda fagulha, é insignificante e destinada a desaparecer em breve, assim como tantas outras espécies que vieram antes e virão depois, seja neste planeta ou em outros.

"A coisa na soleira da porta" é uma história secundária dos Mitos Chtulhu, ou seja, passa-se no mesmo universo, mas não compõe o conjunto principal de histórias, composta por trabalhos como *Nas montanhas da loucura* e "A sombra em Innsmouth". Apesar de poder ser considerada uma semi-continuação de "A sombra em Innsmouth", ou, pelo menos, carrega fortes referências, "A coisa na soleira da porta" pode ser lida como uma história independente. O conto carece da sensação de Horror Cósmico, embora tenha sido escrita no auge dessa fase, e, aparentemente, fora um meio que Lovecraft encontrou de lidar com o seu casamento fracassado com Sonia Greene, visto que a relação do personagem Edward Pickman Derby com sua esposa Asenath Waite em "A coisa na soleira da porta" parece ser uma metáfora de como ele se sentia no relacionamento. S.T. Joshi, um dos maiores especialistas na obra de Lovecraft, comenta:

> Mas se a juventude de Derby e sua vida adulta são um amálgama de Lovecraft e alguns de seus amigos mais próximos, seu casamento com Asenath Waite nos faz lembrar de certos aspectos do casamento de Lovecraft com Sonia H. Greene. Em primeiro lugar há o fato de que Sonia era obviamente a parte do casal de personalidade mais forte. Era óbvio que foi pela sua iniciativa que o casamento se concretizou e que Lovecraft saiu de Providence [sua cidade natal] para ir morar em Nova York. Em certa ocasião Frank Belknap Long [amigo de Lovecraft] me disse que Sonia era uma mulher muito dominadora, uma descrição que evidentemente combina com Asenath Waite. As objeções do pai de Derby a Asenath — e em particular ao desejo de Derby de casar com ela — podem ecoar vagamente as objeções tácitas das tias de Lovecraft ao seu casamento com Sonia (Joshi, 1999, p. 173).

Já em "Os sonhos na Casa das Bruxas" encontramos um H. P. Lovecraft amadurecido. Nesta obra Lovecraft exerce com maestria a combinação entre horror e ficção científica que o consagrou e influenciou toda uma geração de autores. Não que Lovecraft tenha sido o primeiro a combinar ficção científica com horror, escritores do século XIX como William Hope Hodgson e Nathaniel Hawthorne já haviam flertado com essa mistura. Porém, autores como Hodgson e Hawthorne abordaram essa mistura esporadicamente, nunca chegando a transformar num estilo próprio, e o mais importante, não traziam a essa mistura de ficção científica e horror a mesma sensação de Horror Cósmico que Lovecraft traz às suas histórias. Portanto, Lovecraft foi o primeiro a transformar essa prática numa constante em sua escrita — e também a trazer elementos da ciência do século XX, como a física quântica, para o gênero horror.

> Talvez a mais importante contribuição de Lovecraft foi adaptar os temas de ficção científica para o propósito do horror sobrenatural. O declínio de uma crença, no mínimo, ingênua na teologia cristã, resultando em uma imensa perda de prestígio para Satã e seus asseclas, deixou a emoção do medo sobrenatural à deriva, sem nenhum objeto identificável. Lovecraft pegou essa ponta solta e a amarrou aos desconhecidos mas possíveis habitantes de outros planetas e regiões além do espaço contínuo. Essa adaptação foi sutilmente gradual. No começo ele misturava ficção científica com feitiçaria tradicional. [...] Em "Os sonhos na Casa da Bruxa", por exemplo, ele tenta uma direção diferente: a combinação de bruxaria tradicional com a moderna geometria multidimensional (Leiber, 2003, p. 273).

Em suma, "Os sonhos na Casa da Bruxa" é um conto onde encontramos o Horror Cósmico de Lovecraft num estágio não apenas maduro, mas personalizado. Antes de contos como "Os sonhos na Casa da Bruxa", o Horror Cósmico de Lovecraft em pouco ou nada se diferenciava daquele praticado por precursores como Algernon Blackwood e Arthur Machen, ou seja, era um Horror

Cósmico onde, conforme característico do estilo, a atmosfera de "pesadelo" da história era mais importante do que os "como" e "porquês", não havendo nenhuma indicação de que o horror fosse de natureza científica. Ao contrário do que o senso comum acredita, a ciência pode ser uma fonte de horrores tão indescritíveis quanto o sobrenatural, e Lovecraft inovou o gênero horror, e o Horror Cósmico, ao mostrar o seu lado obscuro de uma forma nunca vista antes.

Portanto, esta seleção de histórias é uma oportunidade para conhecermos a evolução de Lovecraft de um autor de histórias de horror sobrenaturais para o Horror Cósmico.

REFERÊNCIAS

DUTRA, Daniel I. *O horror sobrenatural de H. P. Lovecraft: Teoria e prática*. Jundiaí, S. P., Editora Clocktower, 2017.

DUTRA, Daniel I. *Yig: O pai das serpentes e sua origem*. Jundiaí, S. P., Editora Clocktower, 2018.

JOSHI, S. T. *A Subtler Magik: The writings and philosophy of H. P. Lovecraft*. New Jersey, Wildside Press, 1999.

LEIBER, Fritz. The works of H. P. Lovecraft: Suggestions for a critical appraisal. *In*: Fritz Leiber and H. P. Lovecraft — *Writers of the dark*. New Jersey, Wildside Press, 2005.

LOVECRAFT, H. P. — *O Horror Sobrenatural na Literatura*. Rio de Janeiro, Francisco Alves, 1987. Tradução de João Guilherme Linke.

A CIDADE SEM NOME

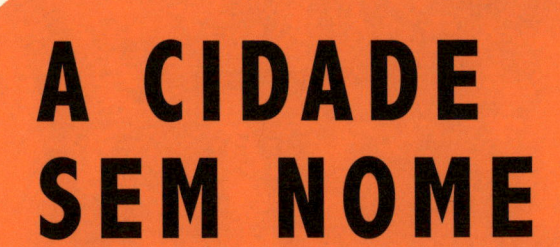

TRADUÇÃO:
THELMA MÉDICI NÓBREGA

QUANDO ME APROXIMEI da cidade sem nome, eu sabia que era amaldiçoada. Eu viajava por um vale terrível e ressequido sob a Lua, e a distância a vi assomando sombriamente das areias, como partes de um cadáver assomariam de uma cova mal cavada. O medo falou a partir das pedras gastas pelo tempo dessa arcaica sobrevivente do dilúvio, essa bisavó da mais antiga das pirâmides, e uma aura invisível repeliu-me e mandou-me recuar de segredos antigos e sinistros que nenhum homem deveria ver e nenhum outro homem jamais ousara ver.

Remota no deserto da Arábia jaz a cidade sem nome, arruinada e inarticulada, seus muros baixos quase ocultos pelas areias de incontáveis eras. Devia ter sido assim antes que as primeiras pedras de Mênfis fossem assentadas e enquanto os tijolos da Babilônia ainda não estavam cozidos. Não há lenda tão antiga que possa nomeá-la ou recordar que um dia já esteve viva, mas é contada em sussurros ao redor de fogueiras e murmurada por avós nas tendas de xeiques, para que todas as tribos a evitem sem saberem completamente o porquê. Foi com esse lugar que Abdul Alhazred, o poeta louco, sonhou na noite antes de cantar seu inexplicável dístico:

> Não morre o que pode eternamente permanecer
> E com estranhas eras até a morte pode morrer.

Eu deveria saber que os árabes tinham bons motivos para evitar a cidade sem nome, a cidade narrada em estranhas fábulas, mas vista por nenhum homem vivo; mesmo assim, desafiei-as e entrei com meu camelo nos escombros nunca palmilhados. Somente eu a vi, e é por isso que nenhum outro rosto mostra rugas de medo tão terríveis quanto o meu, por isso nenhum outro homem treme tão horrivelmente quando o vento noturno sacode as janelas. Quando cheguei à cidade na sinistra imobilidade do sono sem fim, ela me olhou, gelada pelos raios de uma Lua fria em meio ao calor do deserto. E, ao devolver seu olhar, esqueci meu triunfo por descobri-la e parei imóvel com meu camelo para esperar o amanhecer.

Durante horas esperei, até o leste se acinzentar e as estrelas se apagarem, e o cinza se tornou luz rósea rodeada de dourado. Ouvi um gemido e vi uma tempestade de areia se formando entre as antigas pedras, embora o céu estivesse claro e os vastos confins do deserto, calmos. Então, de repente, acima da margem distante do deserto surgiu a borda flamejante do Sol, vista através da pequena tempestade de areia que se dissipava e, em meu estado febril, imaginei que de alguma profundidade remota veio um choque metálico e musical para saudar o disco de fogo, como Mêmnon o saúda das margens do Nilo. Meus ouvidos retiniam e a minha imaginação fervilhava enquanto eu guiava meu camelo lentamente pela areia até aquele impronunciado lugar de pedra, aquele lugar velho demais para o Egito e Meroé se lembrarem, aquele lugar que somente eu entre os vivos vi.

A CIDADE SEM NOME

Por dentro e por fora, entre os disformes alicerces de casas e palácios, vagueei, nunca encontrando um entalhe ou inscrição que falassem daqueles homens, se homens haviam sido, que construíram a cidade e a habitaram havia tanto tempo. A antiguidade do local era insalubre, e eu ansiava por encontrar algum sinal ou artefato que provassem que a cidade de fato fora criada pela raça humana. Havia certas proporções e dimensões nas ruínas que me desagradavam. Eu tinha várias ferramentas comigo e cavei muito nas paredes dos edifícios obliterados, mas o progresso era lento, e nada significativo foi revelado. Quando a noite e a Lua voltaram, senti um vento frio que trouxe um novo medo, de modo que não ousei permanecer na cidade. E, enquanto eu saía dos muros antigos para dormir, uma pequena e suspirante tempestade de areia se formou atrás de mim, pairando sobre as pedras cinzentas, embora a Lua estivesse clara e o resto do deserto, calmo.

Acordei ao amanhecer de um cortejo de sonhos horríveis, meus ouvidos retinindo como se por algum clangor metálico. Vi o Sol vermelho espiando pelas últimas lufadas de uma pequena tempestade de areia que pairava sobre a cidade sem nome e manchava a quietude do resto da paisagem. Mais uma vez me aventurei por aquelas melancólicas ruínas, que se avolumavam sob a areia como um ogro sob uma colcha, e novamente cavei em vão em busca de relíquias da raça esquecida. Ao meio--dia, descansei, e à tarde passei muito tempo seguindo os muros e as ruas arcaicas e os contornos dos prédios quase desaparecidos. Vi que a cidade havia sido de fato poderosa e me perguntei quais haviam sido as fontes de sua grandeza. Imaginei todos os esplendores de uma era tão distante que Caleia não poderia recordar e pensei em Sarnath, a Maldita, que se erguia na terra de Mnar quando a humanidade era jovem, e em Ib, talhada em terra cinzenta antes que a humanidade existisse.

De repente, cheguei a um lugar onde a base de rocha se elevava bruscamente da areia e formava uma colina baixa, onde vi com alegria o que parecia prometer outros vestígios do povo antediluviano. Esculpidas rudemente na face da colina estavam as inconfundíveis fachadas de várias casas ou templos de pedra, pequenos e atarracados, cujos interiores podiam preservar muitos segredos de eras remotas demais para serem calculadas, embora tempestades de areia havia muito tivessem apagado quaisquer entalhes que pudessem ter existido do lado de fora.

Muito baixas e obstruídas de areia eram todas as escuras aberturas próximas a mim, mas limpei uma com minha pá e rastejei através dela, levando uma tocha para revelar quaisquer mistérios que poderia conter. Quando eu estava dentro, vi que a caverna era, de fato, um templo e observei sinais claros da raça que vivera e adorara ali antes que o deserto fosse um deserto. Altares, pilares e nichos primitivos, todos curiosamente baixos, não estavam ausentes e, embora eu não visse nenhuma escultura ou afresco, havia muitas pedras singulares que claramente formavam símbolos por meios artificiais. A baixeza da câmara cinzelada era muito estranha, pois eu mal conseguia me ajoelhar, mas a área era tão grande que minha tocha mostrava apenas uma parte de cada vez. Estremeci estranhamente em alguns dos cantos remotos, pois alguns altares e pedras sugeriam ritos esquecidos de natureza terrível, revoltante e inexplicável, e me faziam imaginar que tipo de homens podia ter feito e frequentado tal templo. Quando tinha visto tudo o que o lugar continha, rastejei para fora de novo, ávido para descobrir o que os outros templos podiam revelar.

A noite agora se aproximava; contudo, as coisas tangíveis que eu vira tornavam a curiosidade mais forte que o medo, e não fugi das longas sombras lançadas pela Lua que me haviam assustado logo que vi a cidade sem nome. Na penumbra, limpei outra abertura e, com uma nova tocha, rastejei para dentro, encontrando mais pedras e símbolos vagos, embora nada mais definido que o que vi no outro templo. O recinto era igualmente baixo, mas muito menos amplo, terminando numa passagem muito estreita, repleta de altares obscuros e crípticos. Eu investigava esses altares quando o barulho de um vento e do meu camelo do lado de fora rompeu o silêncio e me atraiu para ver o que poderia ter assustado o animal.

A Lua brilhava vividamente sobre as ruínas primevas, iluminando uma densa nuvem de areia que parecia soprada por um vento forte, mas decrescente, de algum ponto ao longo do penhasco diante de mim. Eu sabia que fora aquele vento frio e arenoso que havia perturbado o camelo, e estava prestes a guiá-lo para um lugar mais abrigado quando olhei para cima e vi que não ventava sobre o penhasco. Isso me surpreendeu e atemorizou de novo, mas imediatamente lembrei dos súbitos ventos locais que eu havia visto e ouvido antes, ao nascer e pôr do Sol, e julguei ser algo normal. Concluí que vinha de alguma fissura na rocha que levava até uma caverna e observei a areia agitada para segui-lo até sua fonte, logo percebendo que vinha do orifício negro de um templo a uma grande distância, ao sul, quase a perder de vista. Contra a sufocante nuvem de areia, avancei para esse templo, que, à medida que eu me aproximava, mostrava-se maior que o resto e exibia uma entrada bem menos bloqueada por areia endurecida. Eu teria entrado, se a força terrível do vento gelado não tivesse quase apagado minha tocha. Ele jorrava loucamente pela porta escura, suspirando de modo sobrenatural enquanto eriçava a areia e se espalhava entre as ruínas sinistras. Logo enfraqueceu e a areia tornou-se cada vez mais imóvel, até que finalmente tudo estava calmo de novo. Mas uma presença parecia espreitar entre as pedras espectrais da cidade e, quando olhei para a Lua, ela parecia tremer como se espelhada em águas inquietas. Eu estava com mais medo do que podia explicar, mas não tanto para arrefecer minha sede de maravilhas. Então, assim que o vento cessou por completo, entrei na câmara escura de onde ele viera.

Esse templo, como eu imaginara de fora, era maior que os que já havia visitado, e presumivelmente era uma caverna natural, visto que canalizava ventos de alguma região mais além. Lá eu podia ficar de pé, mas vi que as pedras e altares eram tão baixos como os dos outros templos. Nas paredes e no teto vi pela primeira vez alguns vestígios da arte pictórica da antiga raça, curiosos e ondulados traços de tinta que haviam quase se apagado ou desintegrado; e em dois dos altares vi, com crescente entusiasmo, um labirinto de bem moldadas esculturas curvilíneas. Enquanto eu erguia a tocha, pareceu-me que a forma do teto era regular demais para ser natural, e me perguntei sobre o que os pedreiros pré-históricos haviam trabalhado. Sua técnica de construção deve ter sido vasta.

Então, um clarão mais forte da chama fantástica me mostrou aquilo que eu vinha procurando: a abertura para aqueles abismos mais remotos de onde o vento súbito havia soprado, e me senti desfalecer quando vi que era uma porta pequena e claramente artificial talhada na rocha sólida. Introduzi a tocha por ela e vi um túnel escuro, com o teto baixo se arqueando sobre uma série de degraus muito pequenos, numerosos e que desciam abruptamente. Sempre verei esses degraus nos meus sonhos, pois vim a saber o que significavam. À época, eu nem sabia se os chamava de degraus ou de meros pontos de apoio numa descida vertiginosa. Minha mente girava com pensamentos loucos, e as palavras e alertas de profetas árabes pareciam flutuar através do deserto, vindas das terras que os homens conhecem para a cidade sem nome que os homens não ousam conhecer. Contudo, hesitei apenas um momento antes de avançar através do portal e começar a descer cuidadosamente a passagem íngreme, primeiro os pés, como se em uma escada.

Apenas nas terríveis fantasias das drogas ou do delírio outro homem pode ter feito uma descida como a minha. A passagem estreita levava infinitamente para baixo, como um horrendo poço assombrado, e a tocha que eu erguia sobre a cabeça não conseguia iluminar as profundezas desconhecidas em direção às quais eu rastejava. Perdi noção das horas e esqueci de consultar meu relógio, embora me assustasse quando pensava na distância que devia estar atravessando. Havia mudanças de direção e de inclinação, e em certo momento cheguei a uma passagem longa, baixa e plana, por onde tive de me contorcer, deitado e com os pés à frente ao longo do chão rochoso, segurando a tocha com os braços estendidos sobre a cabeça. O lugar não era alto suficiente para me ajoelhar. Depois cheguei a mais degraus íngremes, e eu ainda me arrastava para baixo interminavelmente quando minha tocha vacilante se apagou. Acho que não notei de imediato, porque, quando notei, eu ainda a segurava no alto como se estivesse acesa. Eu estava bem desequilibrado, com aquele instinto para o estranho e o desconhecido que havia me tornado um errante na Terra e um perseguidor de lugares distantes, antigos e proibidos.

Na escuridão, luziram na minha mente fragmentos do meu precioso tesouro de conhecimentos demoníacos; frases de Alhazred, o árabe louco, parágrafos dos pesadelos apócrifos de Damáscio e os infames versos do delirante *Image du Monde*, de Gauthier de Metz. Repeti trechos bizarros e murmurei sobre Afrasiab e os demônios que flutuaram com ele pelo Oxus, mais tarde entoando repetidas vezes uma frase de um dos contos de Lord Dunsany — "a escuridão não reverberada do abismo". Uma vez, quando a descida se tornou incrivelmente íngreme, recitei cantarolando algo de Thomas Moore até temer recitar mais:

> Um reservatório de trevas, negro
> Como caldeirões de bruxas, quando cheios
> De drogas lunares no eclipse destiladas.
> Curvando-me para ver se meu pé passaria

A CIDADE SEM NOME

Por aquele abismo, eu vi abaixo,
Até onde a visão podia explorar,
As paredes do píer lisas como vidro,
Parecendo como que envernizadas
Com o escuro breu do Mar da Morte
Atirando-se sobre sua praia viscosa

O tempo havia deixado de existir quando meus pés voltaram a sentir um chão plano, e vi-me em um lugar levemente mais alto que as salas nos dois templos menores, agora tão incalculavelmente distantes acima de mim. Eu não conseguia me erguer, mas conseguia me ajoelhar, e na escuridão me arrastei e rastejei para lá e para cá, a esmo. Logo percebi que estava em uma passagem estreita cujas paredes eram revestidas com caixas de madeira com frentes de vidro. Como naquele lugar paleozoico e abismal percebi aquelas coisas como madeira polida e vidro, tremi diante das possíveis implicações. As caixas estavam aparentemente dispostas ao longo de cada lado da passagem a intervalos regulares e eram oblongas e horizontais, sinistramente como caixões em forma e tamanho. Quando tentei mover duas ou três para examinar melhor, descobri que estavam firmemente presas.

Vi que a passagem era longa, e então avancei aos tropeços, em uma corrida titubeante que teria parecido horrível se alguém me visse na escuridão, cruzando de um lado para o outro ocasionalmente para sentir meus arredores e me certificar de que as paredes e fileiras de caixas continuavam adiante. O homem está tão acostumado a pensar visualmente que quase esqueci a escuridão e imaginei o interminável corredor de madeira e vidro em sua monotonia de rebites como se o visse. E então, em um momento de indescritível emoção, realmente o vi.

Não sei bem quando minha imaginação se fundiu com a visão real, mas um brilho gradual foi se aproximando e, de repente, comecei a enxergar os tênues contornos do corredor e das caixas, revelados por alguma fosforescência subterrânea e desconhecida. Por um breve instante, tudo foi exatamente como eu imaginara, pois o brilho era muito fraco, mas, à medida que eu avançava mecanicamente para a luz mais forte, percebia que minha fantasia havia sido pobre. Esse corredor não era uma relíquia grosseira como os templos na cidade lá em cima, mas um monumento da mais magnificente e exótica arte. Desenhos e pinturas suntuosos, vívidos e ousadamente fantásticos formavam um mural contínuo cujas linhas e cores eram indescritíveis. As caixas eram de uma estranha madeira dourada, com frentes de vidro refinado, e continham as formas mumificadas de criaturas tão grotescas que excediam os sonhos mais caóticos da humanidade.

Transmitir qualquer ideia dessas monstruosidades é impossível. Eram do tipo réptil, com corpos sugerindo às vezes crocodilos, às vezes focas, mas na maioria das vezes nada de que naturalistas ou paleontólogos já tivessem ouvido falar. Em tamanho, aproximavam-se a um homem baixo, e suas pernas dianteiras tinham pés delicados e evidentemente flexíveis, curiosamente como mãos e dedos humanos. Mas o mais estranho de tudo eram suas cabeças, que apresentavam um contorno que violava todos os princípios biológicos conhecidos. A nada tais coisas poderiam ser comparadas — em um

A CIDADE SEM NOME

relance, pensei em comparações tão variadas quanto com um gato, um buldogue, o mítico sátiro e o ser humano. Nem o próprio Júpiter tinha uma fronte tão colossal e protuberante; todavia, os chifres, a ausência de nariz e a mandíbula de jacaré colocavam essas coisas fora de todas as categorias estabelecidas. Refleti por um momento sobre a realidade das múmias, suspeitando que talvez fossem ídolos artificiais, mas logo concluí que eram de fato alguma espécie paleógena que existira quando a cidade sem nome ainda vivia. Para o cúmulo do grotesco, a maioria estava esplendidamente vestida com os tecidos mais opulentos e luxuosamente cobertas de ornamentos de ouro, joias e metais brilhantes desconhecidos.

A importância dessas criaturas rastejantes deve ter sido vasta, pois ocupavam o primeiro lugar entre os extravagantes desenhos nos afrescos das paredes e do teto. Com habilidade incomparável, o artista as havia desenhado em seu próprio mundo, onde tinham cidades e jardins criados segundo suas dimensões, e não pude deixar de pensar que sua história pintada era alegórica, talvez mostrando o progresso da raça que as adorava. Essas criaturas, disse comigo mesmo, eram para os homens da cidade sem nome o que a loba era para Roma ou algum animal totêmico para uma tribo de índios.

Com isso em mente, achei que podia traçar, por alto, um maravilhoso épico da cidade sem nome — a história de uma poderosa metrópole costeira que governou o mundo antes que a África se erguesse das ondas, e de suas lutas enquanto o mar recuava e o deserto invadia o vale fértil que a mantinha. Vi suas guerras e triunfos, seus problemas e derrotas, e depois sua terrível luta contra o deserto, quando milhares de seus habitantes — ali representados alegoricamente pelos grotescos répteis — foram levados a abrir caminho através das pedras de um modo maravilhoso até outro mundo do qual seus profetas lhes haviam falado. Era tudo vividamente estranho e realista, e sua conexão com a incrível descida que eu fizera era inequívoca. Eu até reconhecia as passagens.

Enquanto eu me arrastava pelo corredor rumo à luz mais forte, vi estágios posteriores do épico pictórico — a partida da raça que habitara a cidade sem nome e o vale ao redor por dez milhões de anos, a raça cujas almas recusavam abandonar os cenários que seus corpos haviam conhecido por tanto tempo, onde viveram como nômades na juventude da Terra, esculpindo na rocha virgem aqueles altares primevos onde nunca deixaram de adorar. Agora que a luz estava melhor, estudei as pinturas mais de perto e, lembrando que os estranhos répteis deviam representar os homens desconhecidos, refleti sobre os costumes da cidade sem nome. Muitas coisas eram peculiares e inexplicáveis. A civilização, que incluía um alfabeto escrito, aparentemente se elevara a uma ordem superior à das civilizações incomensuravelmente posteriores do Egito e da Caldeia; no entanto, havia curiosas omissões. Por exemplo, não pude encontrar nenhuma imagem que representasse mortes ou costumes funerais, exceto as relacionadas a guerras, violência e pragas, e estranhei a reticência em relação à morte natural. Era como se um ideal de imortalidade terrena houvesse sido promovido como uma ilusão regozijante.

Ainda mais perto do fim da passagem, havia cenas pintadas da mais alta expressividade e extravagância:

visões contrastantes da cidade sem nome em sua deserção e crescente ruína e do estranho novo reino ou paraíso para onde a raça havia talhado seu caminho através da pedra. Nessas imagens, a cidade e o vale do deserto eram sempre mostrados à luz do luar, um nimbo dourado pairando sobre os muros caídos e revelando parcialmente a esplêndida perfeição de tempos passados, mostrada de modo espectral e elusivo pelo artista. As cenas paradisíacas eram quase extravagantes demais para merecerem crédito, retratando um mundo oculto de dias eternos, cheio de gloriosas cidades e eternos montes e vales. Ao chegar ao final, pensei ver sinais de um anticlímax artístico. As pinturas eram menos habilidosas e muito mais bizarras do que até as mais delirantes cenas anteriores. Pareciam registrar uma lenta decadência da estirpe antiga, aliada a uma crescente ferocidade em relação ao mundo externo do qual fora expulsa pelo deserto. As formas das pessoas — sempre representadas pelos répteis sagrados — pareciam estar gradualmente desvanecendo, embora o espírito delas, como mostrado pairando sobre as ruínas ao luar, ganhava em proporção. Sacerdotes emaciados, apresentados como répteis em mantos ornados, amaldiçoavam o ar de cima e todos que o respiravam, e uma terrível cena final mostrava um homem de aparência primitiva, talvez um pioneiro da antiga Irem, a Cidade dos Pilares, despedaçado por membros da raça mais antiga. Lembrei como os árabes temiam a cidade sem nome e alegrei-me porque, além daquele lugar, as paredes e o teto cinzentos estavam nus.

 Enquanto contemplava o desfile de história mural, eu chegara muito perto do final do corredor de teto baixo e percebi um grande portão através do qual provinha toda a iluminação fosforescente. Rastejando até ele, gritei de espanto transcendente ao ver o que jazia mais adiante; pois, em vez de outras e mais brilhantes câmaras, havia apenas um vazio ilimitado de radiância uniforme, tal como se poderia imaginar quando se olha do pico do Monte Everest para um mar de névoa ensolarada. Atrás de mim havia uma passagem tão apertada que eu não podia ficar de pé nela; diante de mim havia um infinito de esplendor subterrâneo.

Conduzindo da passagem para o abismo, havia o topo de um lance íngreme de degraus — pequenos e numerosos degraus como os das passagens escuras que eu havia atravessado —, mas depois de alguns metros os vapores cintilantes escondiam tudo. Aberta contra a parede esquerda da passagem havia uma imensa porta de bronze, incrivelmente espessa e decorada com fantásticos baixos-relevos, que poderia, se fechada, impedir que todo aquele mundo de luz interior chegasse às câmaras e passagens abertas na rocha. Olhei para os degraus e, por um momento, não ousei descê-los. Toquei a porta de bronze e não consegui movê-la. Então, estendi-me de bruços no chão de pedra, minha mente ardendo com reflexões prodigiosas que nem uma exaustão mortal era capaz de banir.

Enquanto eu permanecia imóvel, de olhos fechados, livre para refletir, muitas coisas que eu notara de passagem nos afrescos voltaram com novo e terrível significado — cenas representando a cidade sem nome em seu apogeu, a vegetação do vale ao seu redor e as terras distantes com as quais seus mercadores negociavam. A alegoria das

A CIDADE SEM NOME

criaturas rastejantes me intrigava por sua proeminência universal, e espantava-me ter sido seguida tão rigorosamente em uma história pictórica de tal importância. Nos afrescos a cidade sem nome havia sido mostrada em proporções ajustadas aos répteis. Perguntei-me quais suas verdadeiras proporções e magnificência teriam sido, e refleti por um momento sobre certas estranhezas que havia notado nas ruínas. Pensei com curiosidade na baixa altura dos templos primitivos e no corredor subterrâneo, que sem dúvida haviam sido escavados assim em deferência às divindades reptilianas lá reverenciadas, embora, forçosamente, obrigassem os adoradores a rastejar. Talvez os próprios ritos tivessem envolvido uma imitação do rastejar das criaturas. Nenhuma teoria religiosa, contudo, podia explicar com facilidade por que a passagem plana naquela assombrosa descida devia ser tão baixa quanto os templos — ou mais baixas, já que não se podia nem ajoelhar nela. Enquanto eu pensava nas criaturas rastejantes, cujas horríveis formas mumificadas estavam tão perto de mim, senti um novo palpitar de medo. Associações mentais são curiosas, e afastei a ideia de que, exceto pelo pobre homem primitivo feito em pedaços na última pintura, a minha era a única forma humana entre as muitas relíquias e símbolos de vida primordial.

Mas como sempre, em minha estranha e errante existência, a fascinação logo espantou o medo, pois o abismo luminoso e o que ele podia conter apresentavam um problema digno dos maiores exploradores. De que um estranho mundo de mistérios se encontrava abaixo daquele lance de degraus peculiarmente pequenos eu não podia duvidar, e eu esperava encontrar lá as memórias humanas que o corredor pintado não me oferecera. Os afrescos haviam retratado incríveis cidades, montes e vales nesse reino inferior, e minha imaginação se detinha nas suntuosas e colossais ruínas que me esperavam.

Meus medos, de fato, concerniam mais ao passado que ao futuro. Nem o horror físico de minha posição naquele corredor apertado de répteis mortos e afrescos antediluvianos, milhas abaixo do mundo que eu conhecia, e diante de outro mundo de luz e névoa sobrenaturais, podia igualar-se ao terror letal que eu sentia da antiguidade abismal da cena e sua alma. Uma antiguidade tão vasta e imensurável que parecia zombar de sobre as pedras primitivas e os templos esculpidos em rocha da cidade sem nome, enquanto os mais recentes dos assombrosos mapas nos afrescos mostravam oceanos e continentes que o homem havia esquecido, com apenas aqui e ali algum contorno vagamente familiar. O que poderia ter acontecido nos éons geológicos desde que as pinturas cessaram e a raça que odiava a morte rancorosamente sucumbiu ao declínio, ninguém pode dizer. A vida outrora fervilhara naquelas cavernas e no luminoso reino além delas; agora eu estava sozinho com vívidas relíquias e tremia ao pensar nas incontáveis eras através das quais aquelas relíquias haviam mantido uma vigília silenciosa e desértica.

Repentinamente, veio-me outro acesso daquele medo agudo que me havia tomado intermitentemente desde que vira pela primeira vez o terrível vale e a cidade sem nome sob uma Lua fria e, apesar da minha exaustão, comecei freneticamente a me sentar e a olhar para trás ao longo do corredor escuro em direção aos túneis que subiam para o mundo exterior. Minhas sensações pareciam-se com as que me haviam feito evitar a cidade sem nome à noite, e eram tão inexplicáveis quanto pungentes. Em outro momento, contudo, recebi um choque ainda maior na forma de um som concreto — o primeiro que rompia o silêncio absoluto daquelas profundezas fúnebres. Era um gemido baixo e grave, como de uma distante multidão de espíritos condenados, e vinha do lado para o qual eu olhava. Seu volume cresceu rapidamente, até logo reverberar de maneira terrível pela passagem baixa, e ao mesmo tempo tomei consciência de um sopro crescente de ar frio, fluindo tanto dos túneis como da cidade no alto. O toque desse ar pareceu restabelecer meu equilíbrio, pois instantaneamente recordei as rajadas súbitas que haviam soprado em torno da entrada do abismo a cada anoitecer e amanhecer — uma das quais, de fato, havia servido para me revelar os túneis ocultos. Olhei para o relógio e vi que o amanhecer estava próximo; então me preparei para resistir à ventania que soprava para dentro, para a caverna que era seu lar, como havia soprado para fora ao anoitecer. Meu medo voltou a diminuir, visto que um fenômeno natural tende a dissipar apreensões sobre o desconhecido.

Mais e mais loucamente jorrava o vento noturno, gemendo e gritando, para dentro daquele golfo interno da terra. Eu me joguei de bruços de novo e agarrei o chão em vão, com medo de ser tragado pelo portão aberto para dentro do abismo fosforescente. Eu não havia esperado tal fúria e, quando me dei conta de que meu corpo deslizava para o abismo, fui assolado por mil novos terrores, frutos da apreensão e da imaginação. A malignidade da rajada despertava incríveis fantasias: mais uma vez me comparei tremulamente à única outra imagem humana naquele corredor medonho, o homem despedaçado pela raça sem nome, pois no abraço diabólico das correntes rodopiantes parecia residir uma ira vingativa, ainda mais forte por ser amplamente impotente. Acho que gritei freneticamente perto do fim — eu estava quase louco —, mas, se o fiz, meus gritos se perderam na babel infernal dos ventos espectrais e uivantes. Tentei rastejar contra a torrente assassina e invisível, porém não conseguia nem me manter no lugar enquanto era empurrado lenta e inexoravelmente para o mundo desconhecido. Finalmente, a razão deve ter cedido por completo, pois comecei a balbuciar sem parar aquele inexplicável dístico do árabe louco Alhazred, que sonhou com a cidade sem nome:

> Não morre o que pode eternamente permanecer
> E com estranhas eras até a morte pode morrer.

Somente os deuses sombrios e taciturnos do deserto sabem o que realmente aconteceu — que indescritíveis lutas e alvoroços no escuro suportei ou que Abaddon me guiou de volta à vida, na qual deverei para sempre me lembrar e estremecer no vento noturno até que o oblívio — ou algo pior — me carregue. Monstruosa, antinatural, colossal foi a coisa — muito além de todas as ideias humanas para que se acredite nela, exceto nas silenciosas e detestáveis horas da madrugada quando não se consegue dormir.

Eu disse que a fúria da impetuosa rajada fora infernal — cacodemoníaca — e que suas vozes eram horrendas, com a crueldade acumulada de eternidades desoladas. Naquele momento, aquelas vozes, enquanto ainda soavam caóticas à minha frente, pareceram, para minha mente latejante, assumir forma articulada atrás de mim e, lá embaixo, no túmulo de inumeráveis antiguidades mortas havia éons, léguas abaixo do mundo dos homens iluminados pela aurora, ouvi os horripilantes rosnados e maldições de diabos de línguas estranhas. Ao me virar, vi, desenhada contra o éter luminoso do abismo, o que não podia ser visto contra a penumbra do corredor — uma horda de impetuosos demônios saídos de um pesadelo, distorcidos pelo ódio, grotescamente paramentados, semitransparentes; demônios de uma raça que nenhum homem poderia confundir — os répteis rastejantes da cidade sem nome.

E, enquanto o vento esmorecia, fui lançado para dentro da escuridão povoada por espectros das entranhas da terra, pois, atrás da última das criaturas, a grande porta brônzea se fechou com um estrondo ensurdecedor de música metálica, cujas reverberações transbordaram para o distante mundo exterior para saudar o Sol nascente, tal como Mêmnon o saúda das margens do Nilo.

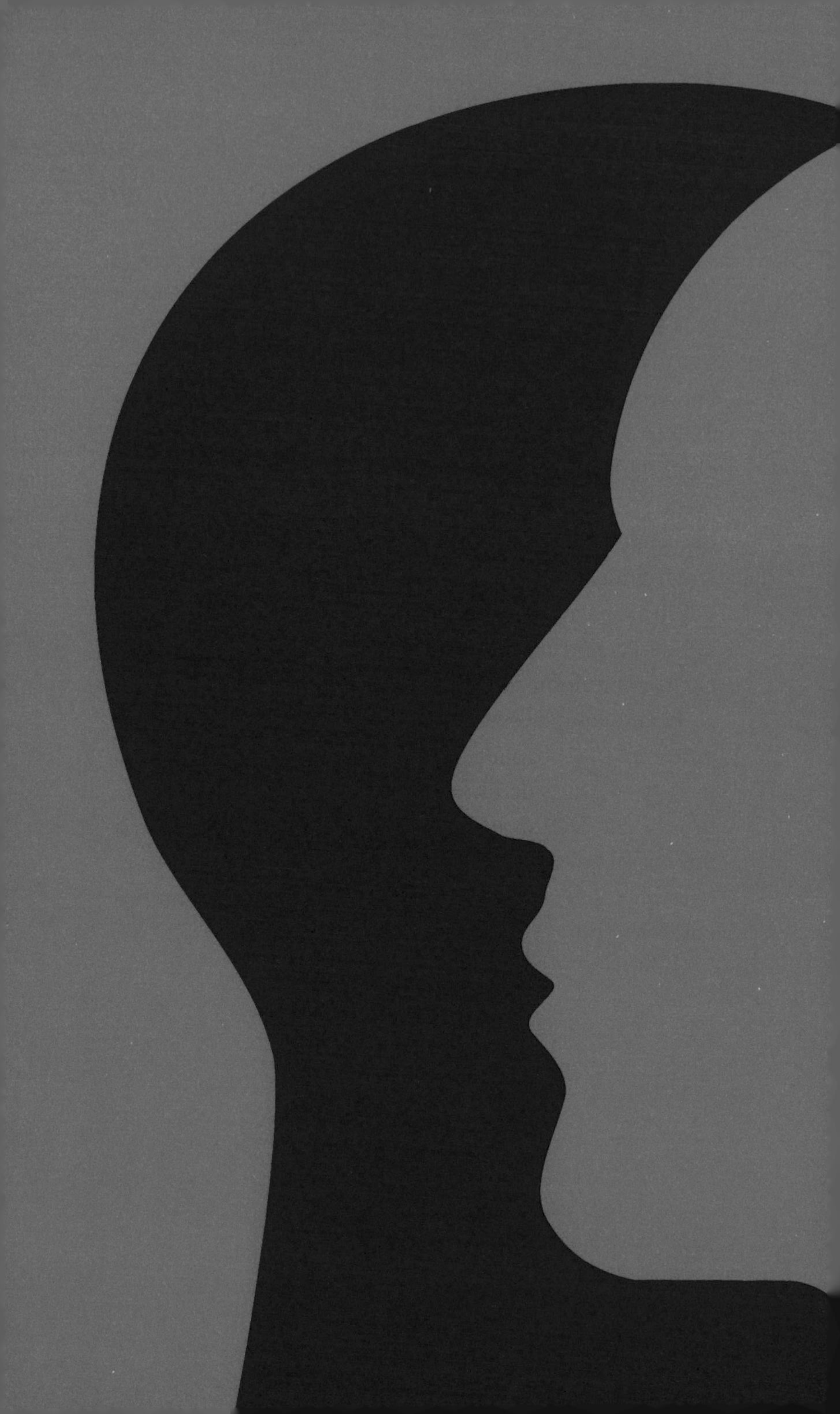

A COISA NA SOLEIRA DA PORTA

TRADUÇÃO:
THELMA MÉDICI NÓBREGA

I

É VERDADE QUE METI seis balas na cabeça do meu melhor amigo e, no entanto, espero mostrar por este depoimento que não sou seu assassino. No começo, serei chamado de louco — mais louco do que o homem em quem atirei, em sua cela, no Sanatório de Arkham. Mais tarde alguns dos meus leitores vão pesar cada depoimento, correlacioná-los com os fatos conhecidos e se perguntar como eu poderia ter acreditado em outra coisa senão naquilo depois de encarar a evidência daquele horror — a coisa na soleira da porta.

Até então, eu também não vira nada além de loucura nas histórias fantásticas de que tinha participado. Até hoje me pergunto se estava enganado — ou se não estou louco, afinal. Não sei — mas outros têm coisas estranhas a dizer sobre Edward e Asenath Derby, e até a insensível polícia não sabe mais o que fazer para explicar aquela última e terrível visita. Eles tentaram elaborar uma frágil teoria sobre uma brincadeira horrível de empregados demitidos, mas no fundo sabem que a verdade é algo infinitamente mais terrível e inacreditável.

Então, afirmo que não assassinei Edward Derby. Antes o vinguei, e ao fazê-lo expurguei a Terra de um horror cuja sobrevida poderia ter desencadeado terrores inauditos sobre toda a humanidade. Há zonas escuras de sombra próximas de nossos caminhos diários, e de quando em quando um espírito maligno abre uma passagem. Quando isso acontece, o homem sabedor deve atacar antes de considerar as consequências.

Conheci Edward Pickman Derby durante toda a sua vida. Oito anos mais novo que eu, era tão precoce que tínhamos muito em comum desde que ele contava oito e eu dezesseis anos. Era a criança erudita mais fenomenal que já conheci, e aos sete escrevia versos de um pendor sombrio, fantástico, quase mórbido, que assombrava os professores ao seu redor. Talvez sua educação particular e reclusão cercada de mimos tenham algo a ver com seu desabrochar prematuro. Filho único, ele tinha fraquezas orgânicas que alarmavam seus extremosos pais e os faziam mantê-lo acorrentado perto deles. Nunca o deixavam sair sem a babá e raramente tinha a chance de brincar livremente com outras crianças. Tudo isso sem dúvida promoveu uma vida interior estranha e secreta no menino, com a imaginação como sua única via de liberdade.

De qualquer forma, seu aprendizado juvenil foi prodigioso e bizarro e seus escritos desenvoltos me cativaram, apesar de ser mais velho. Por aquela época, eu tinha inclinação por uma arte de molde um tanto grotesco, e encontrava naquele menino mais novo um raro espírito afim. O que jazia por trás do nosso amor comum por sombras e maravilhas era, sem dúvida, a antiga, decrépita

A COISA NA SOLEIRA DA PORTA

e sutilmente assustadora cidade em que vivíamos — a Arkham maldita pelas bruxas e assombrada pelas lendas, cujos telhados triangulares, aglomerados e descaídos, e degradadas balaustradas georgianas remoem os séculos ao lado do sombrio e murmurante Miskatonic.

Com o passar do tempo, voltei-me para a arquitetura e desisti do meu plano de ilustrar um livro com os poemas demoníacos de Edward; porém, nossa camaradagem não sofreu nenhuma diminuição. O estranho gênio do jovem Derby se desenvolveu notavelmente, e aos dezoito anos sua coleção de versos lúgubres causou uma verdadeira sensação quando lançada sob o título *Azathoth e outros horrores*. Era correspondente assíduo do notório poeta baudelairiano Justin Geoffrey, que escreveu *O povo do monólito* e morreu gritando em um hospício, em 1926, depois de uma visita a uma aldeia sinistra e malvista na Hungria.

Em autossuficiência e assuntos práticos, todavia, Derby era consideravelmente atrasado devido a sua existência mimada. Sua saúde havia melhorado, mas seus hábitos de dependência infantil eram incentivados pelo zelo excessivo dos pais, de modo que nunca viajava sozinho, não tomava decisões independentes nem assumia responsabilidades. Logo se notou que ele não estaria à altura de uma luta na arena comercial ou profissional, mas a fortuna da família era tão ampla que isso não constituiu uma tragédia. Ao galgar os anos da idade adulta, ele reteve um enganador aspecto pueril. Loiro e de olhos azuis, tinha a tez fresca de uma criança, e suas tentativas de deixar bigode eram difíceis de perceber. Sua voz era suave e delicada, e sua vida apaparicada e sedentária deu-lhe uma redondeza juvenil em vez da pança da meia-idade prematura. Ele tinha boa estatura, e seu rosto bonito o teria tornado um galã notável, se sua timidez não o houvesse confinado à reclusão e aos estudos.

Os pais de Derby o levavam para o exterior todos os verões, e ele apreendeu rapidamente os aspectos superficiais do pensamento e da expressão europeus. Seus talentos, à semelhança dos de Poe, convergiam cada vez mais para o decadentismo, e outras sensibilidades e aspirações artísticas não o interessavam tanto. Tínhamos grandes discussões naquele tempo. Eu cursara Harvard, estudara em uma firma de arquitetura de Boston, casara-me e finalmente voltara para Arkham para exercer a profissão, instalando-me na casa da família na rua Saltonstall desde que meu pai se mudou para a Flórida por questões de saúde. Edward costumava aparecer quase todas as noites, tanto que cheguei a considerá-lo parte da família. Ele tinha um modo característico de tocar a campainha ou soar a aldrava que acabou por se tornar um verdadeiro sinal codificado, de modo que, após o jantar, eu sempre ficava atento às três rápidas e familiares batidas seguidas por mais duas após uma pausa. Com menos frequência, eu o visitava em sua casa e notava com inveja os obscuros volumes em sua biblioteca em constante crescimento.

Derby cursou a Universidade Miskatonic em Arkham, visto que seus pais não permitiam que morasse longe deles. Ingressou aos dezesseis anos e completou o curso em três, formando-se em literaturas inglesa e francesa e recebendo notas altas em tudo, exceto matemática e ciências. Ele se misturava muito pouco com os outros estudantes, embora olhasse com inveja para o grupo dos "ousados" ou "boêmios" — cujas linguagem superficialmente "sagaz" e pose irônica vazia ele imitava e cuja conduta dúbia ele desejava ousar adotar.

O que ele de fato fez foi tornar-se um devoto quase fanático do conhecimento mágico subterrâneo, pelo qual a biblioteca de Miskatonic era e é famosa. Sempre um habitante da superfície da fantasia e estranheza, ele agora investigava as runas e enigmas deixados por um passado fabuloso para a orientação ou perplexidade da posteridade. Ele lia coisas como o temível *Livro de Eibon*, o *Unaussprechlichen Kulten*, de von Junzt, e o proibido *Necronomicon*, do árabe louco Abdul Alhazred, embora não tenha falado aos pais que os vira. Edward tinha vinte quando meu único filho nasceu, e pareceu satisfeito quando batizei o recém-chegado de Edward Derby Upton em sua homenagem.

Ao chegar aos vinte e cinco anos, Edward Derby era um homem prodigiosamente culto e um poeta e fantasista razoavelmente conhecido, embora sua falta de contatos e de responsabilidades houvesse retardado seu crescimento literário por tornar seus produtos derivativos e demasiado livrescos. Eu era talvez seu amigo mais íntimo — achando-o uma mina inexaurível de tópicos teóricos vitais, enquanto ele contava comigo para lhe dar conselhos sobre quaisquer questões que ele não desejava referir aos seus pais. Permaneceu solteiro — mais por timidez, inércia e superproteção parental do que por inclinação — e movia-se na sociedade apenas na medida mais ligeira e perfunctória. Quando a guerra chegou, tanto a saúde como a timidez arraigada o mantiveram em casa. Fui a Plattsburg para ocupar um posto, mas nunca viajei para o exterior.

E assim passaram-se os anos. A mãe de Edward morreu quando ele estava com trinta e quatro, e por meses ele ficou incapacitado por alguma estranha moléstia psicológica. Seu pai o levou à Europa, todavia, e ele conseguiu sair da sua dificuldade sem efeitos visíveis. Mais tarde pareceu sentir certa euforia grotesca, como se por um escape parcial de alguma servidão invisível. Começou a frequentar o círculo universitário mais "avançado", apesar da meia-idade, e esteve presente em alguns acontecimentos extremamente extravagantes — em uma ocasião pagando uma alta chantagem (que ele emprestou de mim) para manter distante da atenção do pai sua participação em um determinado caso. Alguns dos rumores cochichados sobre o louco grupo da Miskatonic eram extremamente singulares. Falava-se até em magia negra e de acontecimentos inteiramente além da credibilidade.

II

Edward tinha trinta e oito anos quando conheceu Asenath Waite. Ela tinha, creio eu, cerca de vinte e três à época, e eu fazia um curso especial sobre metafísica medieval na Miskatonic. A filha de um amigo meu já a havia conhecido — na Hall School, em Kingsport — e estivera inclinada a evitá-la devido à sua reputação peculiar. Era morena, pequenina e muito bonita, exceto pelos olhos protuberantes, mas algo em sua expressão afastava pessoas extremamente sensíveis. Mas, em

A COISA NA SOLEIRA DA PORTA

grande parte, era sua origem e conversa que faziam que pessoas medianas a evitassem. Ela era uma dos Waites de Innsmouth, e lendas sombrias se acumularam por gerações sobre a decadente e meio deserta Innsmouth e seu povo. Há histórias sobre horríveis barganhas por volta do ano de 1850 e sobre um estranho elemento "não bem humano" nas antigas famílias do decrépito porto de pesca — histórias tais que somente ianques da velha guarda podem conceber e repetir com a grandiosidade apropriada.

    O caso de Asenath era agravado pelo fato de ela ser filha de Ephraim Waite — o fruto de sua velhice com uma esposa desconhecida que sempre andava de véu. Ephraim morava em uma mansão meio decadente na rua Washington, em Innsmouth, e aqueles que viram o lugar (a gente de Arkham evita ir a Innsmouth sempre que possível) declararam que as janelas do sótão estavam sempre fechadas por tábuas e que sons estranhos às vezes flutuavam de dentro quando a noite se aproximava. Diziam que o velho havia sido um aluno de mágica prodigioso em sua época, e rezava a lenda que podia criar ou estancar tempestades segundo seu capricho. Eu o vira uma ou duas vezes na juventude, quando ele vinha a Arkham consultar tomos proibidos na biblioteca da faculdade, e odiara seu rosto lupino e saturnino, com seu emaranhado de barba cinza-ferro. Ele morrera louco — sob circunstâncias bastante estranhas — pouco antes de sua filha (pelo seu testamento tornada guardiã nominal de seus bens) entrar na Hall School, mas ela fora uma aprendiz morbidamente ávida e se parecia diabolicamente com ele às vezes.

O amigo cuja filha havia estudado com Asenath Waite repetiu várias coisas curiosas quando a notícia do encontro de Edward com ela começou a se espalhar. Asenath, aparentemente, havia posado como um tipo de maga na escola e realmente parecera capaz de realizar algumas maravilhas extremamente desconcertantes. Ela professava ser capaz de criar tormentas, embora seu aparente sucesso em geral fosse ligado a um talento sobrenatural para a predição. Todos os animais desgostavam dela marcadamente, e ela conseguia fazer qualquer cão uivar com certos movimentos de sua mão direita. Havia horas em que demonstrava rasgos de conhecimento e linguagem muito singulares — e muito chocantes — para uma jovem, quando assustava seus colegas com olhares de soslaio e piscadas de um tipo inexplicável e parecia extrair uma ironia obscena e animada da situação.

O mais incomum, todavia, eram os casos bem comprovados de sua influência sobre outras pessoas. Ela era, além de qualquer questão, uma genuína hipnotista. Ao olhar de maneira peculiar para um colega, frequentemente dava a ele uma sensação distintiva de *personalidade trocada* — como se o sujeito fosse colocado no corpo da maga por um momento e capaz de olhar para seu corpo real, cujos olhos brilhavam e se projetavam com uma expressão alheia. Asenath muitas vezes fazia afirmações extravagantes sobre a natureza da consciência e sua independência do corpo físico — ou pelo menos dos processos vitais do corpo físico. Sua suprema ira, contudo, era não ser homem, visto que acreditava que a mente masculina tinha certos poderes únicos e de vasto alcance. Se tivesse o cérebro de um homem, declarou, ela poderia não só igualar, mas ultrapassar seu pai no domínio de forças desconhecidas.

Edward conheceu Asenath em uma reunião da "intelligentsia" promovida em uma das salas de estudantes e não conseguiu falar de outra coisa quando veio me visitar, no dia seguinte. Ele a achara plena dos interesses e da erudição que mais o atraíam e ficou, além disso, loucamente fascinado por sua aparência. Eu nunca vira a moça e me lembrava de referências casuais apenas vagamente, mas sabia quem ela era. Parecia bastante lamentável que Derby se tivesse tornado tão arrebatado por ela, mas eu não disse nada para desencorajá-lo, visto que a paixão prospera na oposição. Ele disse que não a mencionaria para seu pai.

Nas semanas seguintes, ouvi muito pouco do jovem Derby que não fosse sobre Asenath. Outros agora notavam a galanteria outonal de Edward, embora concordassem que ele não aparentava nem de longe sua verdadeira idade ou parecesse inapropriado como acompanhante de sua divindade bizarra. Ele estava barrigudo demais, apesar de sua indolência e autoindulgência, e seu rosto estava absolutamente sem rugas. Asenath, por outro lado, tinha pés de galinha prematuros, que vêm do exercício de uma intensa força de vontade.

Por essa época, Edward trouxe a moça para me visitar, e imediatamente vi que seu interesse não era de modo algum unilateral. Ela o fitava continuamente com um ar quase predatório, e percebi que a intimidade deles não poderia mais ser desemaranhada. Pouco tempo depois recebi uma visita do velho Sr. Derby, a quem sempre admirei e respeitei. Ele ouvira as histórias sobre a nova amizade do filho e arrancara a verdade toda "do menino". Edward pretendia casar-se com Asenath e estivera até procurando casa nos subúrbios. Conhecendo minha geralmente grande influência sobre o filho, o pai se perguntou se eu poderia ajudar a pôr um fim naquele caso desaconselhável, mas com pesar expressei minhas dúvidas. Dessa vez não era uma questão da vontade fraca de Edward, mas da vontade forte da mulher. A criança perene transferira sua dependência da imagem parental para uma imagem nova e mais forte, e nada podia ser feito quanto a isso.

O casamento realizou-se um mês depois — por um juiz de paz, segundo o pedido da noiva. O Sr. Derby, a conselho meu, não ofereceu oposição, e ele, minha mulher, meu filho e eu assistimos à breve cerimônia — sendo que os outros convidados eram jovens rebeldes da faculdade. Asenath havia comprado a velha propriedade Crowninshield, no campo, no final da rua High, e eles pretendiam estabelecer-se lá após uma curta viagem a Innsmouth, de onde três criados e alguns livros e itens domésticos deviam ser trazidos. Provavelmente, não foi tanto a consideração a Edward e seu pai, mas um desejo pessoal de estar perto da faculdade, sua biblioteca e sua turma de "sofisticados" que fez Asenath fixar-se em Arkham em vez de voltar permanentemente para sua cidade.

Quando Edward me visitou, depois da lua de mel, achei que ele parecia ligeiramente mudado. Asenath o fizera livrar-se do bigode subdesenvolvido, mas não era só isso. Ele parecia mais sóbrio e pensativo, seu beicinho habitual de rebeldia infantil fora substituído por uma expressão quase de tristeza genuína. Fiquei perplexo ao tentar decidir se gostava ou desgostava da mudança. Certamente ele parecia, naquele momento, um adulto mais normal do que jamais fora. Talvez o casamento fosse uma boa coisa — a *mudança* da dependência não podia formar um começo em direção à efetiva *neutralização*, levando em última instância à independência responsável? Ele veio sozinho, pois Asenath estava muito ocupada. Ela trouxera um vasto estoque de livros e aparatos de Innsmouth (Derby estremeceu ao falar o nome) e estava terminando o restauro da casa e das terras de Crowninshield.

A casa dela — naquela cidade — era um lugar bastante inquietante, mas alguns objetos nela haviam ensinado a ele algumas coisas surpreendentes. Ele progredia rápido em conhecimento esotérico agora que tinha a orientação de Asenath. Alguns dos experimentos que ela propunha eram muito ousados e radicais — ele não se sentia autorizado a descrevê-los —, mas tinha confiança em seus poderes e intenções. Os três criados eram muito estranhos — um casal incrivelmente idoso que havia servido o velho Ephraim e que se referia ocasionalmente a ele e à finada mãe de Asenath de modo críptico, e uma jovem bronzeada que tinha acentuadas anomalias de feições e parecia exalar um perpétuo odor de peixe.

III

Nos dois anos seguintes vi Derby cada vez menos. Quinze dias às vezes se passavam sem o familiar código de três e duas batidas na porta da frente e, quando ele de fato me visitava — ou quando, como acontecia com crescente infrequência, eu o visitava —, estava muito pouco disposto a conversar sobre tópicos vitais. Tornara-se reservado sobre aqueles estudos ocultos que ele costumava descrever e discutir em tantos detalhes e preferia não falar sobre sua mulher. Ela envelhecera tremendamente desde o casamento, até que agora — o que era muito estranho — parecia a mais velha dos dois. Seu rosto mostrava a expressão mais concentradamente determinada que eu jamais vira, e todo o seu aspecto parecia ganhar um ar repulsivo vago e indefinível. Minha mulher e meu filho notaram isso tanto quanto eu, e todos deixamos de visitá-la — fato pelo qual, Edward admitiu em um de seus momentos infantis de falta de tato, ela era muitíssimo grata. Às vezes, os Derbys partiam em longas viagens — ostensivamente para a Europa, embora Edward às vezes insinuasse destinos mais obscuros.

Foi após o primeiro ano que as pessoas começaram a falar sobre a mudança em Edward Derby. Era uma conversa muito casual, pois a mudança era puramente psicológica, mas suscitava alguns pontos interessantes. De vez em quando, ao que parecia, observava-se que Edward mantinha uma expressão e fazia coisas totalmente incompatíveis com sua natureza flácida usual. Por exemplo — embora nos velhos tempos ele não soubesse dirigir carro, agora ocasionalmente era visto disparando para dentro ou para fora da velha garagem de Crowninshield com o potente Packard de Asenath, dominando-o como um mestre e enfrentando emaranhados de trânsito com habilidade e determinação profundamente alheias à sua natureza costumeira. Em tais ocasiões ele parecia sempre estar apenas voltando ou começando uma viagem — de que tipo, ninguém imaginava, embora ele na maioria das vezes favorecesse a estrada de Innsmouth.

Estranhamente, a metamorfose não parecia de todo agradável. As pessoas diziam que ele parecia demais com sua esposa ou com o próprio velho Ephraim Waite nesses momentos — ou talvez esses momentos não parecessem naturais porque eram tão raros. Às vezes, horas após partir dessa maneira, ele voltava apaticamente espalhado no banco de trás do carro enquanto um chofer ou mecânico obviamente contratado dirigia. Além disso, seu aspecto preponderante nas ruas durante sua decrescente rodada de contatos sociais (incluindo, posso dizer, suas visitas a mim) era seu antigo aspecto indeciso — sua infantilidade irresponsável ainda mais marcada que no passado. Enquanto o rosto de Asenath envelhecia, o de Edward — exceto por aquelas ocasiões excepcionais — na verdade relaxava em um tipo de imaturidade exagerada, salvo quando um traço da nova tristeza ou entendimento faiscava através dele. Era realmente muito intrigante. Enquanto isso, os Derbys quase abandonaram o alegre círculo universitário — não devido à sua própria repulsa, mas porque algo sobre seus presentes estudos chocava até os mais empedernidos dos outros decadentes.

Foi no terceiro ano do casamento que Edward começou a insinuar abertamente para mim certo medo e insatisfação. Deixava cair frases sobre coisas "indo longe demais" e falava sombriamente sobre a necessidade de "salvar sua identidade". No começo ignorei tais referências, mas com o tempo comecei a questioná-lo cautelosamente, lembrando o que a filha do meu amigo dissera sobre a influência hipnótica que Asenath exercia nas outras meninas da escola — os casos em que as alunas pensaram estar no corpo dela olhando para si mesmas. Esse questionamento pareceu tê-lo tornado ao mesmo tempo alarmado e grato, e uma vez ele murmurou algo sobre ter uma conversa séria comigo mais tarde.

Por volta dessa época o velho Sr. Derby morreu, pelo que me senti depois muito agradecido. Edward ficou seriamente perturbado, embora de modo algum desorientado. Ele vira o pai espantosamente pouco desde seu casamento, pois Asenath concentrara em si mesma todo o senso vital de conexão familiar dele. Alguns o chamaram de insensível em sua perda — especialmente depois que aqueles humores desenvoltos e confiantes no carro começaram a aumentar. Agora ele desejava voltar a morar na velha mansão dos Derbys, mas Asenath insistiu em ficar na casa de Crowninshield, à qual ela havia se ajustado bem.

Não muito tempo depois, minha mulher soube algo curioso de uma amiga — uma entre os poucos que não haviam largado os Derbys. Ela fora até o final da rua High para visitar o casal e vira um carro disparar velozmente da garagem, com o rosto estranhamente confiante e quase zombeteiro de Edward sobre o volante. Ao tocar a campainha, soube pela repulsiva jovem criada que Asenath também estava fora, mas lançou um olhar ao acaso para a casa antes de sair. Lá, em uma das janelas da biblioteca de Edward, vislumbrou um rosto que rapidamente se retraiu — um rosto cuja expressão de dor, derrota e melancólica desesperança era pungente além de qualquer descrição. Era — incrivelmente, em vista de seu semblante dominador usual — o de Asenath; contudo, a visitante jurou que naquele momento os olhos tristes e confusos do pobre Edward fitavam a partir dele.

As visitas de Edward se tornaram um pouco mais frequentes, e suas insinuações ocasionalmente se concretizavam. O que ele dizia não era crível, mesmo em Arkham, secular e assombrada por lendas, mas ele vomitava seus casos sinistros com uma sinceridade e convencimento que despertavam temor por sua sanidade. Falava de terríveis encontros em locais ermos, de ruínas ciclópicas no coração do bosque Maine, sob as quais vastas escadarias levavam a abismos de segredos anoitecidos, de ângulos complexos que levavam através de paredes invisíveis a outras regiões do espaço e tempo e de medonhas trocas de personalidade que permitiam explorações em lugares remotos e proibidos, em outros mundos e em diferentes *continua* de espaço-tempo.

Às vezes, ele sustentava certas sugestões loucas exibindo objetos que me pasmavam por completo — objetos elusivamente coloridos e perturbadoramente texturizados como nada jamais visto na terra, cujas curvas e superfícies insanas não respondiam a nenhum propósito concebível e não seguiam nenhuma geometria concebível. Essas coisas, disse ele, vinham "de fora", e sua mulher sabia como consegui-las. Às vezes — mas sempre em sussurros temerosos e ambíguos —, ele sugeria coisas sobre o velho Ephraim Waite, que ele vira ocasionalmente na biblioteca da faculdade, nos velhos tempos. Esses vislumbres nunca eram específicos, mas pareciam girar ao redor de uma dúvida especialmente horrível quanto a se o velho mago estava realmente morto — no sentido espiritual tanto como no corpóreo.

Às vezes, Derby cessava abruptamente suas revelações, e eu me perguntava se Asenath podia de algum modo ter adivinhado sua fala a distância e cortado por meio de um tipo desconhecido de mesmerismo telepático — algum poder do tipo que ela exibira na escola. Certamente, ela suspeitava que ele me contava coisas, pois, com o passar das semanas, ela tentou impedir suas visitas com palavras e olhares de uma potência bastante inexplicável. Só com dificuldade ele conseguia me visitar, pois, embora fingisse ir a outro lugar, alguma força invisível geralmente obstruía seus movimentos ou o fazia esquecer seu destino por algum tempo. Suas visitas geralmente ocorriam quando Asenath estava fora — "fora em seu próprio corpo", como uma vez ele estranhamente colocou. Ela sempre descobria mais tarde — os empregados observavam as idas e vindas dele —, mas evidentemente achava inadequado fazer alguma coisa drástica.

IV

Derby estava casado havia mais de três anos naquele dia de agosto, quando recebi o telegrama do Maine. Havia dois meses que não o via, mas soubera que ele tinha viajado "a negócios". Asenath estaria com ele, embora bisbilhoteiros atentos declarassem que havia alguém no andar de cima da casa, atrás das janelas com cortinas duplas. Eles viram as compras feitas pelos empregados. E agora o delegado da cidade de Chesuncook telegrafou sobre um louco enlameado que tropeçou para fora do bosque com fantasias delirantes e gritou pedindo-me proteção. Era Edward — e ele havia conseguido apenas se lembrar de seu próprio nome e do meu nome e endereço.

    Chesuncook fica perto da floresta mais selvagem, profunda e menos explorada do Maine, e levei um dia inteiro de febris solavancos através de um cenário fantástico e proibitivo para chegar lá de carro. Encontrei Derby em uma cela na fazenda da cidade, oscilando entre frenesi e apatia. Ele me reconheceu na hora e começou a despejar uma torrente sem sentido e incoerente de palavras na minha direção.

    "Dan — graças a Deus! O poço dos shoggoths! Descendo os seis mil degraus... a abominação das abominações... eu nunca deveria tê-la deixado me levar, e então me vi lá... Iä! Shub-Niggurath!... A figura se ergueu do altar, e havia quinhentas que uivavam... A Coisa Encapuzada berrava 'Kamog! Kamog!' — era o nome secreto de Ephraim no covil... Eu estava lá, onde ela prometeu que não me levaria... Um minuto antes eu estava trancado na biblioteca, e então eu estava lá, para onde ela foi com meu corpo — no lugar da suprema blasfêmia, o poço profano onde o reino negro começa e o vigia guarda o portão... Vi um shoggoth — ele mudou de forma... Eu não suporto... não suportarei... Eu a matarei, se ela me mandar para lá de novo... Matarei aquela entidade... ela, ele, a coisa... Vou matar a coisa! Vou matar a coisa com minhas próprias mãos!"

    Levei uma hora para aquietá-lo, mas finalmente ele se acalmou. No dia seguinte, comprei-lhe roupas decentes no vilarejo e parti com ele para Arkham. Sua histeria furiosa passara, e ele estava inclinado a ficar em silêncio, apesar de ter começado a resmungar sombriamente para si mesmo quando o carro passou por Augusta — como se a visão de uma cidade despertasse lembranças desagradáveis. Estava claro que ele não desejava ir para casa e, considerando os delírios fantásticos que parecia ter sobre a esposa — delírios que brotavam, sem dúvida, de algum suplício hipnótico real ao qual fora submetido —, achei que seria melhor se ele não fosse. Resolvi que o hospedaria eu mesmo por algum tempo, não importava que desconforto isso causasse com Asenath. Mais tarde, eu o ajudaria a conseguir um divórcio, pois certamente havia fatores mentais que tornavam aquele casamento suicida para ele. Quando chegamos a campo aberto de novo, Derby parou de resmungar, e deixei-o cabecear e cochilar no assento ao meu lado, enquanto eu dirigia.

Durante nossa corrida por Portland ao pôr do Sol, ele voltou a resmungar, mais distintamente que antes, e, enquanto ouvia, captei um fluxo de disparates completamente insanos sobre Asenath. A extensão até onde ela desgastara os nervos de Edward era óbvia, pois ele tecera todo um conjunto de alucinações em torno dela. Seu presente suplício, ele murmurou furtivamente, era apenas um de uma longa série. Ela estava se apossando dele, e ele sabia que ela jamais o libertaria. Mesmo então ela provavelmente o liberava apenas quando precisava, porque não conseguia apossar-se por muito tempo de cada vez. Ela constantemente tomava o corpo dele e ia a lugares inomináveis para ritos inomináveis, deixando-o no corpo dela e trancando-o no andar de cima. Mas às vezes ela não conseguia apossar-se, e ele se encontrava subitamente em seu corpo outra vez, em algum lugar distante, horrível e talvez desconhecido. Às vezes ela se apossava dele de novo e às vezes ela não conseguia. Frequentemente, ele era deixado jogado em algum lugar, como eu o encontrara... repetidas vezes, tinha de encontrar seu caminho para casa de distâncias assustadoras, arranjando alguém para dirigir o carro depois que o encontrava.

O pior era que ela se apossava dele por mais tempo a cada vez. Ela queria ser um homem — ser plenamente humana —, por isso se apossava dele. Ela intuíra nele a mistura de uma mente refinada e uma vontade fraca. Algum dia, ela o despejaria de seu corpo e desapareceria com ele — desapareceria para se tornar um grande mago como seu pai e o deixaria encalhado naquela casca feminina que nem era totalmente humana. Sim, ele sabia do sangue esparramado em Innsmouth agora. Houvera tráfico com coisas do mar — era horrível... E o velho Ephraim — ele sabia o segredo e, quando envelheceu, fez uma coisa abominável para continuar vivo... ele queria viver para sempre... Asenath teria sucesso — uma demonstração bem-sucedida já havia acontecido.

Enquanto Derby resmungava, eu me virei para olhá-lo de perto, confirmando a impressão de mudança que um exame anterior me dera. Paradoxalmente, ele parecia em melhor forma que de costume — mais firme, mais parecido com um adulto e sem vestígio da flacidez doentia causada por seus hábitos indolentes. Era como se tivesse estado realmente ativo e feito exercícios adequados pela primeira vez em sua vida mimada, e julguei que a força de Asenath devia tê-lo empurrado para canais desusados de movimento e agilidade. Mas, naquele momento, sua mente estava em um estado lastimável, pois ele murmurava loucas extravagâncias sobre a esposa, sobre magia negra, sobre o velho Ephraim e sobre alguma revelação que convenceria até mesmo a mim. Ele repetia nomes que eu reconhecia de ter folheado no passado volumes proibidos, e às vezes esses nomes me faziam estremecer com certa linha de consistência mitológica — de coerência convincente — que passava por suas divagações. Repetidamente, ele fazia uma pausa, como se para reunir coragem para uma última e terrível revelação.

"Dan, Dan, não se lembra dele — os olhos loucos e a barba desgrenhada que nunca embranquecia? Ele olhou para mim uma vez, e jamais esqueci. Agora ela olha desse jeito. *E sei por quê!* Ele a encontrou no *Necronomicon* — a fórmula. Ainda não me atrevo a lhe dizer a página, mas, quando me atrever, você poderá ler e entender. Então, você saberá o que me engolfou. Adiante, adiante, adiante, de um corpo a outro, ele não quer morrer nunca. O fulgor da vida — ele sabe como quebrar o elo... pode continuar cintilando algum tempo mesmo quando o corpo está morto. Eu lhe darei pistas, e talvez você adivinhe. Ouça, Dan — você sabe por que minha mulher sempre se dá tanto ao trabalho com aquela escrita ao contrário? Você já viu um manuscrito do velho Ephraim? Quer saber por que tremi quando vi algumas notas apressadas que Asenath rabiscou?

"Asenath... *Essa pessoa existe?* Por que eles aventaram que havia veneno no estômago do velho Ephraim? Por que os Gilmans murmuram sobre o modo como ele gritou, como uma criança amedrontada, quando enlouqueceu e Asenath o trancou no sótão forrado onde — o outro — havia estado? *Era a alma do velho Ephraim que estava*

A COISA NA SOLEIRA DA PORTA

trancada? Quem trancou quem? Por que ele havia procurado por meses alguém com uma mente fina e uma vontade fraca? Por que amaldiçoava o fato de sua filha não ser um filho? Diga-me, Daniel Upton — *que troca diabólica foi perpetrada na casa de horrores onde aquele monstro blasfemo tinha sua filha confiante, pusilânime e semi-humana à sua mercê?* Ele não a tornou permanente — como ela fará no final comigo? Diga-me por que aquela coisa que chama a si mesma de Asenath escreve diferentemente quando baixa a guarda, *para que você não possa distinguir sua letra da...*"

Então, a coisa aconteceu. A voz de Derby subia até alcançar um grito fraco e agudo enquanto ele delirava, quando subitamente foi calada com um clique quase mecânico. Pensei nas outras ocasiões na minha casa quando suas confidências haviam cessado abruptamente — quando eu havia fantasiado que alguma obscura onda telepática da força mental de Asenath estava intervindo para silenciá-lo. Aquilo, porém, era algo totalmente diverso e, eu sentia, infinitamente mais horrível. O rosto ao meu lado se retorceu de modo quase irreconhecível por um momento, enquanto seu corpo todo era perpassado por um tremor — como se todos os ossos, órgãos, músculos, nervos e glândulas estivessem reajustando-se a uma postura, conjunto de tensões e personalidade geral radicalmente diferentes.

Exatamente onde o horror supremo jazia, eu não podia dizer, nem por minha vida; contudo, fui varrido por uma onda tão avassaladora de náusea e repulsa — uma sensação tão gelada e petrificante de completa alienação e anormalidade —, que meu controle do volante tornou-se fraco e incerto. A figura ao meu lado parecia menos um amigo de toda a vida que algum intruso monstruoso do espaço sideral — alguma concentração detestável, absolutamente amaldiçoada, de forças cósmicas malignas e desconhecidas.

Eu vacilara apenas um momento, mas antes que outro momento se passasse, meu companheiro tomou o volante e me forçou a trocar de lugar com ele. A penumbra agora estava muito espessa, e as luzes de Portland, muito para trás, de modo que eu não conseguia ver bem o rosto dele. O fulgor dos seus olhos, todavia, era fenomenal, e eu sabia que ele devia agora estar naquele estado estranhamente energizado, tão diferente do seu ser costumeiro, que tantas pessoas haviam notado. Parecia estranho e incrível que o apático Edward Derby — ele, que nunca conseguia impor-se e que nunca aprendera a dirigir — estivesse dando-me ordens e tomando o volante do meu próprio carro. No entanto, era precisamente aquilo que havia acontecido. Ele não falou por algum tempo, e eu, no meu horror inenarrável, estava feliz por isso.

No semáforo da Biddeford e Saco, vi sua boca fechada com firmeza e o fogo dos seus olhos. As pessoas tinham razão — ele se parecia horrivelmente com sua mulher e com o velho Ephraim quando estava nesses humores. Não estranhei que esses humores desagradassem — havia decerto algo artificial e diabólico neles, e senti o elemento sinistro mais ainda devido aos loucos despautérios que eu estivera ouvindo. Esse homem, apesar de todo o meu conhecimento vitalício de Edward Pickman Derby, era um estranho — um intruso de algum tipo vindo do abismo negro.

Ele não falou até entrarmos em um trecho escuro da estrada e, quando falou, sua voz pareceu absolutamente desconhecida. Estava mais grave, mais firme e mais decidida do que eu jamais soubera que fosse; enquanto seu sotaque e pronúncia estavam mudados por completo — embora vaga, remota e bastante perturbadoramente lembrassem algo que eu não conseguia situar bem. Achei que havia um traço de ironia profunda e muito genuína no timbre — não a pseudoironia exibida, vazia e jovial dos insensíveis "sofisticados", que Derby costumava imitar, mas algo sombrio, básico, generalizado e potencialmente maligno. Eu me espantava com o autocontrole que se seguiu tão rapidamente ao surto de resmungos e pânico.

"Espero que você esqueça meu ataque de agora há pouco, Upton", ele dizia. "Você sabe como são meus nervos, e acho que pode desculpar essas coisas. Sou enormemente grato, é claro, por essa carona até minha casa.

"E também deve esquecer qualquer maluquice que eu possa ter dito sobre a minha mulher — e sobre as coisas em geral. É isso que acontece quando se estuda demais um campo como o meu. Minha filosofia é cheia de conceitos bizarros e, quando se exaure, a mente inventa todo tipo de aplicações concretas imaginárias. Devo descansar daqui por diante — você provavelmente não me verá por algum tempo, e não precisa culpar Asenath por isso.

"Essa viagem foi um pouco estranha, mas na verdade é muito simples. Há certas relíquias indígenas nos bosques do norte — pedras eretas e tudo o mais — que são muito importantes no folclore, e Asenath e eu estamos acompanhando esse tipo de coisa. Foi uma busca difícil, então parece que perdi a cabeça. Preciso mandar alguém buscar meu carro quando chegar em casa. Um mês relaxando vai me reerguer."

Não me lembro exatamente da minha parte na conversa, pois a desconcertante alienação do meu companheiro preenchia toda a minha consciência. A cada momento, minha sensação de horror cósmico elusivo aumentava, até que, por fim, praticamente entrei em delírio, ansiando que aquela viagem acabasse. Derby não se ofereceu para desistir do volante, e me alegrei com a velocidade com que Portsmouth e Newburyport passaram.

No cruzamento em que a estrada principal entra no interior e evita Innsmouth, temi que meu motorista pegasse a erma estrada litorânea que cruza aquele lugar amaldiçoado. No entanto, não a pegou, mas deixou Rowley e Ipswich rapidamente para trás em direção ao nosso destino. Chegamos a Arkham antes da meia-noite e encontramos as luzes ainda acesas na velha casa de Crowninshield. Derby saiu do carro repetindo apressadamente seus agradecimentos, e dirigi para casa com uma curiosa sensação de alívio. Havia sido uma viagem terrível — mais ainda porque eu não conseguia explicar o porquê —, e não lamentava Derby ter previsto um longo período distante da minha companhia.

V

Os dois meses seguintes foram cheios de rumores. As pessoas diziam ver Derby cada vez mais em seu novo estado energizado, e Asenath praticamente nunca estava em casa para receber suas poucas visitas. Vi Edward apenas uma vez, quando me fez uma rápida visita no carro de

A COISA NA SOLEIRA DA PORTA

Asenath — devidamente recuperado de onde quer que ele o tivesse deixado no Maine —, para pegar alguns livros que me havia emprestado. Estava em seu novo estado, e parou apenas o suficiente para dizer algumas frases vagamente polidas. Era claro que não tinha nada para discutir comigo quando estava naquela condição, e notei que ele nem sequer se importara em usar o velho código de três e dois toques ao soar a campainha. Como naquela noite no carro, senti um horror vago e infinitamente profundo que não consegui explicar, de modo que sua rápida partida foi um alívio prodigioso.

Em meados de setembro, Derby se ausentou por uma semana, e alguns do grupo decadente da faculdade falaram deliberadamente da questão — insinuando um encontro com um notório líder de um culto, recentemente expulso da Inglaterra, que estabelecera seu quartel-general em Nova York. Da minha parte, eu não conseguia tirar aquela estranha volta do Maine da cabeça. A transformação que eu testemunhara me havia afetado profundamente, e eu me pegava vez após outra tentando explicar a coisa — e o extremo horror que me havia inspirado.

Mas os rumores mais estranhos eram sobre os soluços na velha casa de Crowninshield. A voz parecia de uma mulher, e alguns dos mais jovens achavam que soava como a de Asenath. Era ouvida apenas a raros intervalos, e às vezes era sufocada como que à força. Havia uma conversa sobre uma investigação, mas foi dissipada um dia quando Asenath apareceu nas ruas e conversou alegremente com um grande número de conhecidos, desculpando-se por suas ausências recentes e falando casualmente sobre o colapso nervoso e a histeria de uma hóspede de Boston. A hóspede nunca foi vista, mas, com o aparecimento de Asenath, não havia mais o que dizer. E então alguém complicou a situação sussurrando que os soluços, uma ou duas vezes, eram de um homem.

Uma noite, em meados de outubro, ouvi os três e dois toques familiares na porta da frente. Atendendo eu mesmo, encontrei Edward nos degraus e vi imediatamente que sua personalidade era a antiga, que eu não encontrava desde o dia de seus delírios naquela terrível volta de Chesuncook. Seu rosto se contorcia em um misto de estranhas emoções, em que o medo e o triunfo pareciam compartilhar o domínio, e ele olhou furtivamente sobre o ombro quando fechei a porta atrás dele.

Seguindo-me desajeitadamente até o estúdio, pediu um uísque para acalmar seus nervos. Resisti a questioná-lo, esperando que ele estivesse disposto a começar a dizer o que queria. Por fim, arriscou dar algumas informações em uma voz sufocada.

"Asenath foi embora, Dan. Tivemos uma longa conversa na noite passada, enquanto os empregados estavam fora, e a fiz prometer parar de me rapinar. É claro, eu tinha certas... certas defesas ocultas sobre as quais nunca lhe falei. Ela teve de ceder, mas ficou tremendamente brava. Fez as malas e partiu para Nova York — saiu na mesma hora para pegar o trem das oito e vinte para Boston. Suponho que as pessoas vão comentar, mas não posso evitar. Você não precisa mencionar que houve algum conflito... Apenas diga que ela partiu para uma longa viagem de pesquisas.

"Provavelmente, ela vai ficar com um de seus horríveis grupos de devotos. Espero que ela vá para o oeste e consiga um divórcio... seja como for, eu a fiz prometer ficar longe e me deixar em paz. Foi horrível, Dan.... Ela estava roubando meu corpo... expulsando-me... tornando-me um prisioneiro. Fiquei na surdina e fingi deixá-la continuar, mas tinha de ficar alerta. Eu podia criar um plano, se tomasse cuidado, porque ela não pode ler minha mente de maneira literal ou em detalhes. Tudo o que ela podia ler do meu planejamento era um tipo de clima geral de rebelião — e sempre achou que eu fosse incapaz. Nunca achou que eu levaria a melhor... mas eu tinha um feitiço ou dois que funcionavam."

Derby olhou sobre o ombro e se serviu mais uma dose de uísque.

"Dispensei aqueles malditos empregados esta manhã, quando voltaram. Eles foram desagradáveis e fizeram perguntas, mas se foram. São do tipo dela — gente de Innsmouth — e eram unha e carne com ela. Espero que me deixem em paz... não gostei do jeito como riram quando foram embora. Preciso recontratar o máximo dos velhos empregados do meu pai que eu puder. Vou mudar para minha casa agora.

"Suponho que você ache que sou louco, Dan... mas a história de Arkham deve sugerir coisas que confirmam o que lhe contei... e o que vou contar-lhe. Você viu uma das mudanças também... em seu carro, depois que lhe contei sobre Asenath naquele dia, voltando para casa do Maine. Foi quando ela me possuiu... me expulsou do meu corpo. A última coisa da viagem de que me lembro foi quando eu estava todo agitado tentando lhe falar *o que é aquela demônia*. Então ela me possuiu, e em um instante eu estava de volta em casa... na biblioteca, onde aqueles malditos empregados haviam me trancado... e no corpo daquela amaldiçoada demônia... que nem é humana... Sabe, é com ela que você deve ter voltado para casa... aquele lobo predador no meu corpo... Você devia ter percebido a diferença!"

Estremeci quando Derby fez uma pausa. Certamente, eu *havia* percebido a diferença — contudo, poderia aceitar uma explicação tão insana como aquela? Mas meu perturbado visitante estava tornando-se ainda mais desvairado.

"Eu precisava me salvar... Eu precisava, Dan! Ela teria me capturado para sempre na Festa de Todos os Santos... Eles celebram um Sabá lá em cima, depois de Chesuncook, e o sacrifício teria amarrado as coisas. Ela teria me capturado para sempre... teria sido eu, e eu teria sido ela... definitivamente.. tarde demais... Meu corpo teria sido dela para sempre.... Ela teria sido um homem e totalmente humana, assim como queria ser... suponho que ela teria me tirado do caminho — matado seu próprio corpo antigo comigo dentro dele, maldita, *assim como fez antes* — assim como ela, ele ou a coisa fez antes..."

O rosto de Edward estava agora atrozmente desfigurado, e ele o inclinou para perto do meu, para meu desconforto, enquanto sua voz se reduzia a um sussurro.

"Você precisa saber o que insinuei no carro — *que ela não é Asenath, mas na verdade o próprio velho Ephraim*. Suspeitei há um ano e meio, mas agora eu sei. Sua caligrafia mostra isso quando ela está distraída — às vezes ela rabisca uma anotação que é igualzinha aos manuscritos do pai, cada traço, e às vezes diz coisas que ninguém senão um velho como Ephraim poderia dizer. Ele trocou de físico com ela quando sentiu a morte chegando — ela foi a única que ele conseguiu encontrar com o tipo certo de cérebro e uma vontade fraca o bastante. Ele capturou seu corpo permanentemente, assim como ela quase capturou o meu, e depois envenenou o corpo antigo onde a havia colocado. Você não viu a alma do velho Ephraim faiscando nos olhos daquela demônia dezenas de vezes... e nos meus, quando ela controlava meu corpo?"

Edward estava ofegando e fez uma pausa para respirar. Eu não disse nada e, quando recomeçou, sua voz estava quase normal. Aquilo era caso de hospício, refleti, mas não seria eu quem o mandaria para lá. Talvez o tempo e a separação de Asenath fizessem seu trabalho. Percebi que ele jamais se meteria com ocultismo mórbido outra vez.

"Vou lhe contar mais depois. Preciso de um longo repouso agora. Vou lhe contar um pouco dos horrores ocultos aos quais ela me conduziu, um pouco sobre os horrores imemoriais que ainda agora supuram em recantos ermos, com alguns sacerdotes monstruosos para mantê-los vivos. Algumas pessoas sabem coisas sobre o universo que ninguém deveria saber e podem fazer coisas que ninguém deveria poder. Já estive mergulhado nisso até o pescoço, mas agora acabou. Hoje eu queimaria aquele maldito *Necronomicon* e todo o resto, se fosse o bibliotecário da Miskatonic.

"Mas ela não pode me possuir agora. Preciso sair daquela casa maldita o quanto antes e me estabelecer em casa. Sei que você vai me ajudar, se eu precisar. Aqueles empregados diabólicos, sabe... e se as pessoas ficarem muito curiosas sobre Asenath. Entenda, não posso dar-lhes o endereço dela... Além disso, há certos grupos de pesquisadores... certos cultos, sabe... que podem interpretar mal nosso rompimento... alguns deles têm ideias e métodos extremamente bizarros. Sei que você vai ficar do meu lado se alguma coisa acontecer — mesmo que eu precise contar-lhe muitas coisas que vão chocá-lo."

Fiz Edward ficar e dormir em um dos quartos de hóspedes naquela noite e, de manhã, ele parecia mais calmo. Discutimos certos arranjos possíveis para sua volta à mansão dos Derbys e torci para que não perdesse tempo para fazer a mudança. Ele não apareceu na noite seguinte, mas o vi com frequência durante as semanas seguintes. Conversamos o mínimo possível sobre coisas estranhas e desagradáveis, mas discutimos a reforma da velha casa dos Derbys e as viagens que Edward prometera fazer com meu filho e eu no verão seguinte.

De Asenath quase não falamos, pois vi que o assunto lhe era particularmente perturbador. Boatos, é claro, não faltavam, mas isso não era novidade quando se tratava dos estranhos moradores da velha casa de Crowninshield. Uma coisa de que não gostei foi o que o banqueiro de Derby deixou escapar, em um momento de exaltação, no Clube Miskatonic — sobre os cheques que Edward mandava regularmente para certos Moses e Abigail Sargent e certa Eunice Babson em Innsmouth. Parecia que aqueles empregados mal-encarados extorquiam dele algum tipo de imposto e, no entanto, ele não tinha mencionado a questão para mim.

Eu queria que o verão — e as férias do meu filho em Harvard — chegasse, para que pudéssemos levar Edward para a Europa. Logo vi que ele não estava se recuperando tão rapidamente como eu esperava, pois havia algo de histérico em seus momentos ocasionais de euforia, enquanto seus estados de medo e depressão eram frequentes demais. A velha casa dos Derbys ficou pronta em dezembro; porém, Edward constantemente retardava a mudança. Embora odiasse e parecesse temer a casa de Crowninshield, ao mesmo tempo estava estranhamente escravizado por ela. Parecia que não conseguia começar a desmontar as coisas, e inventava todo tipo de desculpa para adiar a mudança. Quando chamei sua atenção para isso, pareceu inexplicavelmente amedrontado. O velho mordomo de seu pai — que estava lá com outros empregados da família que ele conseguira recuperar — contou-me um dia que as rondas ocasionais de Edward pela casa, e especialmente pelo porão, pareciam-lhe estranhas e insalubres. Perguntei-lhe se Asenath havia escrito cartas perturbadoras a ele, mas o mordomo disse que não havia chegado correspondência que pudesse ter vindo dela.

VI

Foi por volta do Natal que Derby sucumbiu, certa noite, enquanto me visitava. Eu levava a conversa para as viagens do verão seguinte quando ele, de repente, deu um grito agudo e saltou da cadeira com uma expressão de pavor chocante e incontrolável — um pânico e uma aversão cósmicos, que somente os abismos inferiores dos pesadelos poderiam provocar em qualquer mente sã.

"Meu cérebro! Meu cérebro! Meu Deus, Dan... ela está puxando... do além... batendo... agarrando... aquela demônia... neste instante... Ephraim... Kamog! Kamog!... O poço dos shoggoths... lä! Shub-Niggurath! O Bode com Mil Crias!...

"A chama — a chama... além do corpo, além da vida... na terra... oh, Deus!..."

Empurrei-o de novo para a cadeira e despejei vinho por sua garganta enquanto seu frenesi se desfazia em uma apatia inerte. Ele não resistiu, mas continuou a mexer os lábios como se falasse consigo mesmo. Naquele momento, percebi que estava tentando falar comigo, e aproximei o ouvido da sua boca para entender suas palavras débeis.

"... de novo, de novo... ela está tentando... eu devia saber... nada pode parar aquela força; nem a distância, nem a magia, nem a morte... ela vem e vem, principalmente à noite... não posso partir... é horrível... ah, meu Deus, Dan, *se soubesse como eu o quanto é horrível...*"

Quando tombou em um estupor, acomodei-o em travesseiros e deixei que o sono natural o dominasse. Não chamei um médico, pois sabia o que diria da sua sanidade mental, e quis dar à natureza uma chance, se fosse possível. Ele acordou à meia-noite, e o levei para dormir no andar de cima, mas de manhã ele já havia partido. Saíra silenciosamente de casa, e seu mordomo, quando telefonei, disse que ele estava em casa, andando agitadamente pela biblioteca.

Edward decaiu rapidamente depois disso. Não voltou a me visitar, mas eu ia vê-lo diariamente. Estava sempre sentado na biblioteca, olhando para o nada e com o semblante anormal de alguém que tenta *escutar* algo. Às vezes ele falava racionalmente, mas sempre sobre assuntos triviais. Qualquer menção a seu problema, a planos futuros ou a Asenath o deixava exaltado. O mordomo disse que ele tinha convulsões assustadoras à noite, durante as quais podia acabar ferindo-se.

Tive uma longa conversa com seu médico, seu banqueiro e seu advogado, e finalmente levei o médico com dois colegas especialistas para vê-lo. Os espasmos que resultaram das primeiras perguntas foram violentos e lastimáveis — e naquela noite um carro fechado levou seu pobre corpo convulsionado ao Sanatório de Arkham. Fui nomeado seu tutor e o visitava duas vezes por semana, quase chorando ao ouvir seus gritos desvairados, murmúrios aterradores e as medonhas, monótonas repetições de frases como "Eu tive de fazer — tive de fazer... vai me levar... vai me levar... lá embaixo... lá embaixo no escuro... Mãe, mãe! Dan! Salvem-me... salvem-me...".

Qual a esperança de recuperação, ninguém sabia dizer; mas tentei ao máximo ser otimista. Edward precisava ter um lar caso se recuperasse, por isso transferi seus empregados para a mansão dos Derbys, que certamente seria sua escolha, se estivesse são. O que fazer da casa de Crowninshield, com seus arranjos complexos e coleções de objetos totalmente inexplicáveis, eu não podia decidir. Então, deixei-a provisoriamente intocada — dizendo à arrumadeira de Derby que fosse até lá e espanasse os principais cômodos uma vez por semana e ordenando ao encarregado da caldeira que a deixasse acesa nesses dias.

O pesadelo final ocorreu antes do Dia de Todos os Santos — anunciado, em cruel ironia, por um falso vislumbre de esperança. Em uma manhã no final de janeiro, o sanatório telefonou para informar que Edward havia recuperado de repente a razão. Sua memória, disseram eles, estava bastante debilitada, mas a sanidade mental estava assegurada. Naturalmente, ele precisava continuar lá algum tempo em observação, mas não havia muitas dúvidas sobre o resultado. Se tudo corresse bem, ele certamente receberia alta em uma semana.

Corri para lá cheio de alegria, mas fiquei desconcertado quando uma enfermeira me levou ao quarto de Edward. O paciente se ergueu para me cumprimentar, estendendo a mão com um sorriso polido; mas percebi no mesmo instante que exibia a personalidade estranhamente enérgica que parecia tão diferente de sua natureza — a personalidade competente que eu achara um tanto horrível e que o próprio Edward certa vez jurara ser a alma invasora de sua mulher. Era o mesmo olhar ardente — tão parecido com o de Asenath e o do velho Ephraim — e a mesma boca firme; e, quando falou, pude perceber a mesma ironia sombria e insidiosa em sua voz — a ironia profunda, tão impregnada de uma maldade potencial. Aquela era a pessoa que havia dirigido meu carro pela noite cinco meses antes — a pessoa que eu não via desde aquela breve visita em que ela esquecera o antigo código da campainha e despertara medos nebulosos em mim — e agora me enchia com o mesmo sentimento sombrio de estranheza blasfema e horror inefável e cósmico.

Ele falou afavelmente sobre os arranjos para sua alta — e nada me restava fazer a não ser assentir, apesar de algumas lacunas notáveis em suas memórias recentes. No entanto, eu sentia que havia algo terrível, inexplicavelmente errado e anormal. Havia horrores naquela situação que eu não conseguia compreender. Aquela era uma pessoa de mente sã — mas seria de fato o Edward Derby que eu conhecia? Se não era, quem ou o que seria — *e onde estava Edward?* Devia ser solta ou confinada... ou devia ser extirpada da face da terra? Havia um traço de ironia abismal e maldosa em tudo o que a criatura dizia — os olhos parecidos com os de Asenath emprestavam uma especial e desconcertante zombaria a certas palavras sobre a "liberdade prematura conquistada por um confinamento *especialmente rígido*". Meu comportamento deve ter sido muito canhestro, e fiquei feliz quando bati em retirada.

Durante todo aquele dia e o seguinte, quebrei a cabeça com o problema. O que havia acontecido? Que tipo de mente olhava através daqueles olhos alheios no rosto de Edward? Eu não conseguia pensar em mais nada a não ser naquele enigma obscuro e terrível, e desisti de me esforçar para fazer meu trabalho usual. Na segunda manhã, o hospital telefonou para dizer que o estado do paciente continuava o mesmo e, ao anoitecer, cheguei perto de um colapso nervoso — um estado que admito, embora outros jurarão que afetou meu juízo subsequente. Não tenho nada a dizer sobre esse ponto, exceto que nenhuma loucura minha poderia explicar *todas* as evidências.

VII

Foi à noite — depois daquela segunda noite — que o horror total e absoluto me invadiu e esmagou meu espírito com um medo tétrico e opressor, do qual não poderei me livrar jamais. Começou com um telefonema pouco antes da meia-noite. Eu era a única pessoa acordada e, sonolento, peguei o receptor na biblioteca. Aparentemente, não havia ninguém na linha, e eu estava prestes a desligar e ir para a cama quando meu ouvido captou uma sugestão de som muito leve do outro lado. Alguém estaria tentando falar, com grande dificuldade? Enquanto tentava escutar, pensei ouvir um tipo de ruído borbulhante e meio líquido — "*glub... glub... glub...*" —, que produzia uma estranha insinuação de palavras e divisões silábicas desarticuladas e ininteligíveis. Perguntei: "Quem é?". Mas a única resposta foi "*glub-glub... glub--glub*". Só pude supor que o barulho era mecânico, mas, imaginando que pudesse ser defeito do aparelho, capaz de receber, mas não de enviar sons, acrescentei: "Não estou conseguindo ouvir. É melhor desligar e falar com a telefonista". Imediatamente ouvi o receptor ser colocado no gancho na outra ponta.

Isso, como disse, ocorreu pouco antes da meia-noite. Quando a chamada foi rastreada, mais tarde, descobriu-se que viera da velha casa de Crowninshield, embora faltasse meia semana para a empregada ir até lá. Darei apenas uma pista do que foi encontrado na casa — a balbúrdia em um porão remoto, as pegadas, a sujeira, o guarda--roupas revirado às pressas, as marcas enigmáticas no telefone, os papéis de carta usados de maneira desastrosa e o detestável mau cheiro pairando sobre tudo. Os policiais, pobres tolos, fizeram suas teoriazinhas presunçosas e ainda estão procurando aqueles sinistros empregados despedidos — que sumiram de vista em meio a toda a agitação. Falam de uma vingança macabra por coisas que foram feitas e dizem que eu estava incluído, porque era o melhor amigo e conselheiro de Edward.

A COISA NA SOLEIRA DA PORTA

Idiotas! — imaginam que aqueles palhaços abrutalhados poderiam ter forjado aquela caligrafia? Imaginam que poderiam ter causado o que houve mais tarde? Estão cegos para as transformações naquele corpo que era de Edward? Quanto a mim, *agora acredito em tudo o que Edward Derby me contou*. Existem horrores além das fronteiras da vida dos quais não suspeitamos e, de tempos em tempos, a bisbilhotice maléfica do homem os chama para dentro de nosso âmbito. Ephraim — Asenath — aquele demônio os convocou, e eles engoliram Edward assim como estão me engolindo.

Posso ter certeza de que estou a salvo? Esses poderes sobrevivem à vida da forma física. No dia seguinte — à tarde, quando saí da minha prostração e fui capaz de andar e falar coerentemente —, fui ao hospício e atirei para matar, pelo bem de Edward e do mundo, mas posso estar seguro até que ele seja cremado? Estão preservando o corpo para autópsias estúpidas por diferentes médicos — mas digo que ele deve ser cremado. *Ele deve ser cremado — ele, que não era Edward Derby quando o matei*. Ficarei louco se não o for, pois posso ser o próximo. Mas minha vontade não é fraca, e não deixarei que seja minada pelos horrores que sei que fervilham ao redor. Uma vida — Ephraim, Asenath e Edward — quem é agora? *Não* serei expulso do meu corpo... *Não* trocarei de alma com aquele cadáver crivado de balas no hospício!

Mas deixem-me tentar contar de modo coerente aquele horror final. Não falarei do que a polícia persistentemente ignorou — os relatos sobre aquela coisa anã, grotesca e malcheirosa que pelo menos três transeuntes encontraram na avenida principal, pouco antes das duas horas, e sobre a natureza das pegadas singulares em certos locais. Direi apenas que, por volta das duas horas, a campainha e a aldrava me acordaram — tanto a campainha como a aldrava soadas de modo alterado e incerto, em uma espécie de débil desespero, *e cada uma tentando repetir o velho código de Edward de três mais dois toques.*

Despertando de um sono profundo, minha mente entrou em turbilhão. Derby à porta? E lembrando-se do velho código! A nova personalidade não se havia lembrado dele... Edward teria subitamente voltado ao seu estado normal? Por que estava lá com tensão e pressa tão evidentes? Teria sido libertado antes do tempo ou teria fugido? Talvez, pensei, enquanto me enfiava em um robe e me precipitava pela escada, seu retorno ao seu próprio eu provocara delírios e violência, revogando sua alta e impelindo-o a uma busca desesperada por liberdade. Não importava o que tivesse sido, era o bom e velho Edward de novo, e eu o ajudaria!

Quando abri a porta para a escuridão sob o arco de olmos, uma lufada de vento intoleravelmente fétido quase me derrubou. Engasgado pela náusea, por um segundo mal pude enxergar a figura corcunda e ananicada nos degraus. O chamado havia sido de Edward, mas quem era aquela paródia vil e atrofiada? Para onde Edward tivera tempo de ir? Seu toque soara apenas um segundo antes de a porta ser aberta.

O visitante usava um dos sobretudos de Edward — a barra quase roçando o chão e as mangas enroladas, mas ainda cobrindo as mãos. Trazia um chapéu enterrado na cabeça, enquanto um cachecol de seda preta escondia o rosto. Quando dei um passo vacilante para a frente, a figura emitiu um som meio líquido, como o que eu ouvira ao telefone — "*glub... glub...*" —, e estendeu-me uma grande folha de papel com letras cerradas, espetada na ponta de um lápis comprido. Ainda abalado pelo fedor mórbido e inexplicável, peguei o papel e tentei lê-lo à luz do pórtico.

Sem sombra de dúvida, era a letra de Edward. Mas por que havia escrito quando estava perto o bastante para tocar a campainha? E por que a letra estava tão tacanha, tosca e tremida? Não decifrei nada naquela iluminação fraca, então recuei para o vestíbulo com a figura anã me seguindo mecanicamente, mas parando na soleira da porta interna. O odor desse singular mensageiro era realmente abominável, e esperei (não em vão, graças a Deus!) que minha esposa não acordasse e o visse.

Então, enquanto lia o papel, senti meus joelhos cederem e minha vista escurecer. Estava caído no chão quando voltei a mim, minha mão crispada de pavor ainda agarrando aquela maldita folha. Eis o que ela dizia:

"Dan — vá ao sanatório e mate-a. Extermine-a. Não é mais Edward Derby. Ela se apossou de mim — Asenath — *e está morta há três meses e meio*. Menti quando disse que ela tinha viajado. Eu a matei. Tinha de fazê-lo. Foi súbito, mas estávamos sozinhos, e eu estava no meu próprio corpo. Vi um castiçal e esmaguei sua cabeça. Ela teria me possuído para sempre no Dia de Todos os Santos.

"Enterrei-a na despensa do porão mais distante, embaixo de algumas caixas velhas, e limpei todos os vestígios. Os empregados suspeitaram na manhã seguinte, mas eles têm segredos tais que não ousam contar para a polícia. Mandei-os embora, mas só Deus sabe o que eles — e outros do culto — farão.

"Por algum tempo, achei que estaria bem, e então senti o puxão no meu cérebro. Eu sabia o que era aquilo — devia ter me lembrado. Uma alma como a dela — ou de Ephraim — desliga-se parcialmente e persevera depois da morte enquanto o corpo durar. Ela estava me possuindo, me obrigando a trocar de corpo com ela — *ocupando meu corpo e me colocando naquele cadáver dela enterrado no porão.*

"Eu sabia o que estava por vir — por isso perdi a cabeça e tive de ir para o hospício. E então a coisa veio — dei por mim sufocando no escuro, na carcaça apodrecida de Asenath, lá no porão, embaixo das caixas onde eu o colocara. E sabia que ela devia estar no meu corpo no sanatório — *para sempre*, porque o Dia de Todos os Santos havia passado e o sacrifício funcionaria mesmo sem ela estar presente — sã e pronta para ser libertada como uma ameaça para o mundo. Eu estava desesperado e, *apesar de tudo, abri caminho para fora com as unhas.*

"Estou muito exausto para falar — não consegui usar o telefone, mas ainda posso escrever. Vou me recompor de algum modo e lhe levar estas últimas palavras e este alerta. *Mate aquele demônio*, se dá valor à paz e ao conforto do mundo. *Garanta que seja cremado*. Se não o fizer, ela vai se perpetuar, de um corpo a outro, para sempre, e não sei lhe dizer o que fará. Fique longe da magia negra, Dan — é coisa do diabo. Adeus. Você foi um grande amigo. Diga à polícia qualquer coisa em que possam acreditar — e sinto muitíssimo por arrastá-lo para tudo isso. Estarei em paz em breve — esta coisa não se manterá muito mais tempo. Espero que possa ler isto. *E mate aquela coisa — mate-a.*

A COISA NA SOLEIRA DA PORTA

"Seu amigo, Ed".

Foi só depois que li a segunda metade do papel, pois desmaiei no final do terceiro parágrafo. Desmaiei de novo quando vi e cheirei o que se amontoara na soleira, onde o ar quente o fulminara. O mensageiro jamais se moveria ou teria consciência novamente.

O mordomo, mais corajoso que eu, não desmaiou diante do que o aguardava no vestíbulo, de manhã. Em vez disso, telefonou para a polícia. Quando chegaram, eu havia sido levado para a cama no andar de cima, mas a outra massa jazia onde desmoronara à noite. Os homens taparam o nariz com seus lenços.

O que finalmente encontraram dentro das roupas estranhamente sortidas de Edward foi quase apenas horror liquescente. Havia ossos também, e um crânio esmagado. Exames dentários identificaram positivamente que o crânio era de Asenath.

O CÃO
DE CAÇA

TRADUÇÃO:
THELMA MÉDICI NÓBREGA

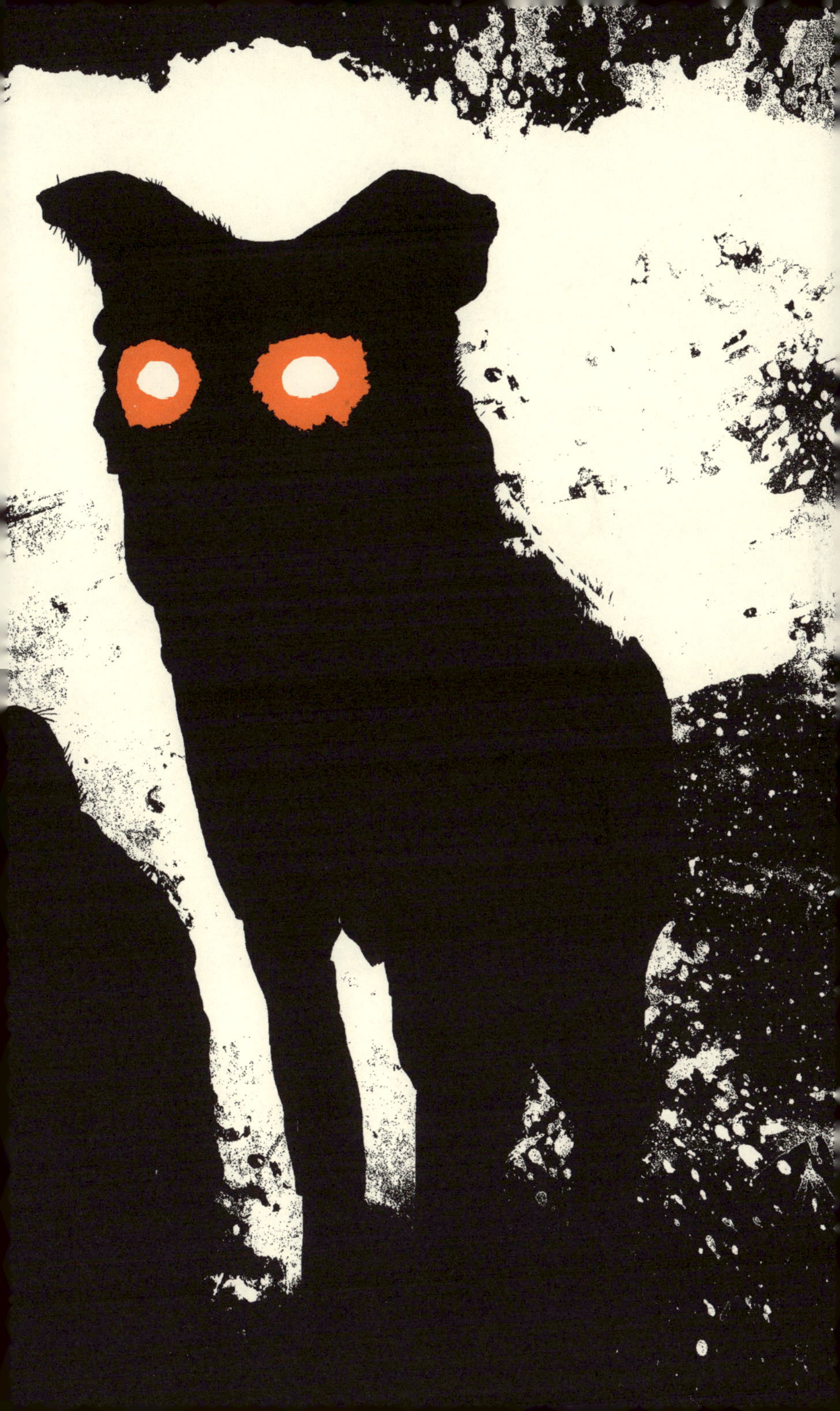

EM MEUS OUVIDOS TORTURADOS, ressoam incessantemente os sussurros e adejos aterradores e um uivo fraco e distante, como de um cão gigante. Não é sonho — temo que não seja nem loucura —, pois muita coisa já aconteceu para que eu tivesse essas dúvidas misericordiosas. St. John é um cadáver mutilado; somente eu conheço o motivo, e meu conhecimento é tal que estou prestes a estourar meus miolos por medo de ser mutilado do mesmo modo. Por escuros e infinitos corredores de fantasia horripilante ronda a nêmesis negra e informe que me impele à autoaniquilação.

Que os céus perdoem o desvario e a morbidez que nos levaram a um destino tão monstruoso! Cansados dos lugares-comuns de um mundo prosaico, onde até mesmo os prazeres do romance e da aventura logo se desvanecem, St. John e eu seguimos com entusiasmo cada movimento estético e intelectual que prometia aliviar nosso devastador *ennui*. Os enigmas dos simbolistas e os êxtases dos pré-rafaelitas, todos nos pertenceram a seu tempo, mas cada nova onda perdia muito rápido a novidade e o apelo. Apenas a filosofia sombria dos decadentes conseguia nos entreter, e a achávamos potente apenas aumentando gradualmente a profundidade e o diabolismo de nossas explorações. Logo se exauriram as emoções de Baudelaire e Huysmans, até que finalmente nos restaram apenas os estímulos mais diretos de experiências pessoais e aventuras antinaturais. Foi essa terrível necessidade emocional que acabou nos levando a este caminho detestável que, mesmo no meu presente terror, menciono com vergonha e timidez — esse hediondo extremo do ultraje à humanidade, a prática abominável de roubar túmulos.

Não posso revelar os detalhes de nossas chocantes expedições ou catalogar sequer parcialmente os piores dos troféus que adornavam o museu inominável que preparamos na grande casa de pedra onde morávamos juntos, sozinhos e sem criados. Nosso museu era um lugar blasfemo e impensável, onde, com o gosto satânico de virtuoses neuróticos, havíamos reunido um universo de terror e decomposição para excitar nossas sensibilidades saturadas. Era uma sala secreta e muito, muito subterrânea, onde imensos demônios alados, esculpidos em basalto e ônix, vomitavam de suas bocas amplas e risonhas uma estranha luz verde e laranja, e canos pneumáticos ocultos agitavam em danças caleidoscópicas da morte fileiras de coisas rubras e funerárias que se entrelaçavam em volumosas tapeçarias negras. Através desses canos vinham livremente os odores pelos quais nossos espíritos mais ansiavam: às vezes o perfume de pálidos lírios fúnebres, às vezes o incenso narcótico de imaginários sepulcros orientais de defuntos régios e às vezes — como tremo ao lembrá-lo! — o terrível e aviltante fedor de túmulos abertos.

O CÃO DE CAÇA

Em torno das paredes dessa câmara repelente havia sarcófagos com múmias antigas, que se alternavam com corpos graciosos, quase vivos, perfeitamente empalhados e conservados pela arte da taxidermia e com lápides roubadas dos mais antigos cemitérios do mundo. Nichos esparsos continham crânios de todos os tamanhos e cabeças preservadas em vários estágios de decomposição. Ali era possível encontrar as cacholas carecas e putrefatas de nobres famosos, bem como as cabeças frescas, douradas e radiantes de crianças enterradas recentemente. Havia estátuas e pinturas, todas sobre temas diabólicos, e algumas feitas por St. John e por mim mesmo. Uma pasta trancada, revestida com pele humana curtida, continha certos desenhos desconhecidos e indescritíveis que, segundo rumores, Goya havia perpetrado, mas não ousara reconhecer. Havia instrumentos musicais nauseabundos, de cordas, metal ou sopro, com os quais St. John e eu às vezes produzíamos dissonâncias de requintada morbidez e horror cacodemoníaco, enquanto, em múltiplos armários de ébano, repousava a mais incrível e inimaginável variedade de despojos funerários já reunida pela loucura e perversidade humanas. É desses despojos em particular que não devo falar — graças a Deus tive a coragem de destruí-los muito antes que pensasse em destruir a mim mesmo.

As excursões predatórias nas quais amealhamos nossos inenarráveis tesouros sempre foram eventos artisticamente memoráveis. Não éramos necrófilos vulgares, pois trabalhávamos apenas sob certas condições de humor, paisagem, ambiente, clima, estação e luar. Esses passatempos eram para nós a forma mais refinada de expressão artística, e dedicávamos a seus detalhes um fastidioso cuidado técnico. Uma hora inapropriada, um efeito de luz discordante ou uma manipulação desastrada da grama úmida quase destruiria por completo a sensação extasiante que nos causava a exumação de um segredo funesto e galhofeiro guardado pela terra. Nossa busca por cenas novas e condições excitantes era febril e insaciável — St. John era sempre o líder, e foi ele quem nos levou por fim àquele lugar escarnecedor e maldito que nos conduziu ao nosso medonho e inevitável destino.

Por qual fatalidade maligna fomos atraídos àquele terrível cemitério na Holanda? Acho que foram os sombrios rumores e lendas, as histórias sobre alguém enterrado por cinco séculos, que fora ele mesmo um carniçal em sua época e que roubara algo poderoso de um grande sepulcro. Eu me lembro da cena nesses momentos finais — a pálida Lua outonal sobre os túmulos, lançando sombras longas e horríveis; as árvores grotescas, inclinando-se, soturnas, ao encontro da grama abandonada e as lápides arruinadas; as vastas legiões de morcegos estranhamente colossais, que voavam contra a Lua; a antiga igreja coberta de hera, apontando um enorme dedo espectral para o céu lívido; os insetos fosforescentes que dançavam como fogos-fátuos sob os teixos em um canto distante; os odores de mofo, vegetação e coisas menos explicáveis que se misturavam fracamente ao vento noturno, vindos de pântanos e mares distantes. E, o pior de tudo, o uivo tênue e grave de um cão gigantesco que não conseguíamos ver nem localizar com clareza. Quando ouvíamos esse uivo vago, estremecíamos, lembrando-nos de lendas dos camponeses, pois aquele que procurávamos fora encontrado séculos antes naquele mesmo local, rasgado e mutilado pelas garras e presas de uma fera inimaginável.

    Lembro-me de como mergulhamos no túmulo desse carniçal com nossas pás e de como vibrávamos com a imagem de nós mesmos, o túmulo, a Lua pálida e atenta, as horríveis sombras, as árvores grotescas, os morcegos titânicos, a antiga igreja, os fogos-fátuos dançarinos, os odores nauseantes, o gemido gentil do vento noturno e o uivo estranho, quase imperceptível e sem direção, de cuja existência objetiva nem sequer podíamos ter certeza. Então, batemos em uma substância mais dura que o mofo úmido e nos deparamos com uma caixa oblonga apodrecida, incrustada de depósitos minerais da terra havia tanto tempo intocada. Era incrivelmente dura e espessa, mas tão velha que finalmente a forçamos a abrir, e nossos olhos se deleitaram com o que continha.

    Muito — espantosamente muito — restara do objeto, apesar do lapso de quinhentos anos. O esqueleto, embora triturado em algumas partes pelas mandíbulas da coisa que o matara, mantinha-se inteiro com surpreendente firmeza, e nós nos extasiamos com o crânio liso e branco, os dentes longos e firmes e as órbitas sem olhos que outrora haviam brilhado com uma febre macabra como a nossa. No caixão havia um amuleto de aspecto curioso e exótico, que aparentemente fora usado ao redor do pescoço do defunto. Era a figura estranhamente convencional de um cão alado e agachado ou de uma esfinge com rosto semicanino, e fora primorosamente esculpida no antigo estilo oriental em um pequeno pedaço de jade verde. A expressão em sua face era repelente ao extremo, transmitindo ao mesmo tempo morte, bestialidade e malevolência. Ao redor da base havia uma inscrição em caracteres que nem St. John nem eu conseguimos identificar, e embaixo, como o selo do criador, estava gravada uma grotesca e formidável caveira.

Imediatamente após ver esse amuleto, sabíamos que tínhamos de possuí-lo, que tal tesouro era o butim que logicamente levaríamos do túmulo centenário. Ainda que sua forma nos fosse estranha, nós o teríamos desejado, mas, quando o examinamos com mais atenção, vimos que não nos era de todo estranho. De fato, o amuleto era alheio a toda arte e literatura que leitores sãos e equilibrados conhecem, mas o reconhecemos como a coisa à qual alude o proibido *Necronomicon*, do árabe louco Abdul Alhazred, o horrível símbolo espiritual do culto devorador de cadáveres da inacessível Leng, na Ásia Central. Reconhecemos muito bem as sinistras linhas descritas pelo velho demonologista árabe — linhas, escreveu ele, tomadas de alguma manifestação obscura e sobrenatural das almas daqueles que molestaram e mastigaram os mortos.

Pegando o objeto de jade verde, lançamos um último olhar para o rosto descorado e cavernoso e seu dono e fechamos o túmulo, deixando-o como o encontramos. Enquanto nos apressávamos para sair daquele local abominável, com o amuleto roubado no bolso de St. John, pensamos ver os morcegos descendo em massa sobre a terra que acabáramos de remexer, como se procurassem algum alimento maldito e profano. Mas a Lua de outono tinha um brilho fraco e pálido, e não pudemos ter certeza. Da mesma forma, quando zarpamos no dia seguinte, da Holanda para casa, pensamos ter ouvido ao fundo o fraco e distante uivo de um cão gigantesco. Mas o vento outonal gemeu tristonho e melancólico, e não pudemos ter certeza.

II

Menos de uma semana após nosso retorno à Inglaterra, coisas estranhas começaram a acontecer. Vivíamos como reclusos, desprovidos de amigos, sozinhos e sem criados em alguns cômodos de um antigo casarão, em uma sombria e desolada charneca, de modo que nossas portas raramente eram perturbadas pelas batidas de um visitante. Desde então, no entanto, passamos a ser incomodados pelo que parecia um frequente farfalhar à noite, não só em torno das portas, mas também das janelas, tanto as de cima como as de baixo. Certa vez, pensamos ter visto um corpo grande e opaco escurecer a janela da biblioteca enquanto a Lua brilhava contra ela, e em outra ocasião acreditamos ter ouvido um sibilar ou bater de asas não muito longe. Em cada ocasião, nossa investigação não revelou nada, e começamos a atribuir as ocorrências apenas à imaginação — a mesma imaginação curiosamente perturbada que ainda ecoava em nossos ouvidos o tênue e distante uivo que pensamos ter ouvido no cemitério holandês. O amuleto de jade agora repousava em um nicho em nosso museu, e às vezes acendíamos velas com aromas estranhos diante dele. Líamos muito no *Necronomicon* de Alhazred sobre suas propriedades e a relação das almas dos carniçais com os objetos que ele simbolizava, e ficamos perturbados com o que lemos. E então o terror veio.

Na noite de 24 de setembro de 19 —, ouvi uma batida na porta do meu aposento. Imaginando que fosse St. John, convidei meu visitante a entrar, mas recebi como resposta apenas um riso estridente. Não havia ninguém no corredor. Quando despertei St. John de seu sono, ele afirmou ignorar totalmente o evento e ficou tão preocupado quanto eu. Foi naquela noite que o débil e distante uivo sobre a charneca tornou-se para nós uma pavorosa realidade. Quatro dias depois, quando estávamos no museu oculto, ouvimos um arranhar baixo e cauteloso na única porta que levava à escadaria secreta da biblioteca. Nosso terror então se dividiu, pois, além do temor do desconhecido, sempre tivéramos medo de que nossa coleção macabra fosse descoberta. Apagando todas as luzes, avançamos até a porta e a abrimos subitamente, quando então sentimos uma inexplicável corrente de vento e ouvimos, como se sumindo ao longe, uma sinistra combinação de sussurros, risos abafados e um tagarelar articulado. Se estávamos loucos, sonhando ou em sã consciência, não tentamos determinar. Apenas constatamos, com a mais terrível apreensão, que o tagarelar, aparentemente incorpóreo, era, sem dúvida alguma, *em língua holandesa*.

Depois disso passamos a viver em horror e fascinação crescentes. Nossa principal teoria era que estávamos ambos malucos devido à nossa vida de emoções perversas; mas às vezes nos agradava mais imaginar-nos dramaticamente como vítimas de algum destino maldito e pavoroso. Manifestações bizarras tornaram-se frequentes demais para enumerá-las. Nossa casa solitária aparentemente estava tomada pela presença de algum ser maligno cuja natureza não podíamos supor, e todas as noites aquele uivo demoníaco era trazido pelo vento que varria a charneca, cada vez mais alto. Em 29 de outubro, encontramos na terra macia sob a janela da biblioteca uma série de pegadas absolutamente impossíveis de descrever. Eram tão intrigantes como as hordas de grandes morcegos que assombravam o velho casarão em número crescente e nunca antes visto.

O horror atingiu seu ápice em 18 de novembro, quando St. John, voltando para casa depois do anoitecer, vindo da distante estação ferroviária, foi apanhado por um pavoroso ente carnívoro e estraçalhado. Seus gritos chegaram à casa, e corri até a terrível cena a tempo de ouvir um bater de asas e ver uma vaga forma negra e nebulosa desenhada contra a Lua nascente. Meu amigo estava morrendo quando falei com ele e não conseguia responder coerentemente. Tudo o que pôde fazer foi sussurrar: "Aquele amuleto... maldito". E então ele desabou, uma massa inerte de carne mutilada.

Eu o enterrei à meia-noite seguinte, em um de nossos jardins abandonados, e murmurei sobre seu corpo um dos rituais demoníacos que ele amara em vida. Enquanto eu pronunciava a última frase diabólica, ouvi ao longe na charneca o débil uivo de um cão gigantesco. A Lua brilhava, mas eu não ousava olhar para ela. E quando vi na charneca fracamente iluminada uma grande sombra nebulosa saltando de um monte para outro, fechei os olhos e me atirei de bruços no chão. Quando me ergui, trêmulo, não sei quanto tempo depois, cambaleei para dentro da casa e fiz chocantes reverências ao amuleto de jade verde em seu relicário.

Agora com medo de morar sozinho na antiga casa na charneca, parti no dia seguinte para Londres, levando comigo o amuleto depois de destruir, queimando e enterrando, o resto da ímpia coleção do museu. Mas, três noites depois, voltei a ouvir o uivo e, antes de se passar uma semana, sentia um estranho olhar sobre mim sempre que estava no escuro. Uma noite, enquanto eu caminhava pelo Victoria Embankment para tomar o ar fresco de que precisava, vi uma forma negra obscurecer um dos reflexos das lâmpadas na água. Um vento mais forte que o noturno passou por mim, e eu soube então que o que sucedera a St. John logo sucederia a mim.

No dia seguinte, embrulhei cuidadosamente o amuleto de jade verde e zarpei para a Holanda. Que piedade me seria concedida devolvendo-o ao seu silencioso dono adormecido, eu não sabia, mas sentia que devia ao menos tentar qualquer medida que tivesse alguma lógica concebível. O que era o cão, e por que me perseguia, ainda eram perguntas vagas, mas eu ouvira o uivo pela primeira vez naquele antigo cemitério, e todos os eventos subsequentes, inclusive o último suspiro de St. John, haviam servido para ligar a maldição ao roubo do amuleto. Portanto, mergulhei nos mais profundos abismos do desespero quando, em uma estalagem em Roterdã, descobri que ladrões me haviam despojado de meu único meio de salvação.

O uivo foi alto naquela noite, e de manhã li a respeito de um acontecimento inominável no quarteirão mais vil da cidade. A plebe estava aterrorizada, pois em um cortiço imundo havia sido cometido um crime sangrento pior que qualquer outro já cometido no bairro. Em um

O CÃO DE CAÇA

esquálido ninho de bandidos, uma família inteira fora feita em pedaços por um ser desconhecido que não deixara nenhum vestígio, e os que estavam perto ouviram a noite toda, sobre o costumeiro clamor de vozes embriagadas, um uivo distante, grave e insistente, como de um cão gigantesco.

Então, por fim voltei a pisar naquele insalubre cemitério, onde uma pálida Lua de inverno lançava sombras hediondas, e árvores desfolhadas se curvavam taciturnas de encontro à grama murcha e gelada e às lápides rachadas, e a igreja coberta de hera apontava um dedo zombeteiro para o céu hostil, e o vento noturno uivava loucamente vindo de pântanos congelados e mares frígidos. O uivo estava muito fraco naquela hora e cessou completamente quando me aproximei do antigo túmulo que antes eu violara, e espantei uma horda anormalmente grande de morcegos que pairavam curiosamente ao redor dele.

Não sei por que fui até lá, se não para rezar ou balbuciar súplicas insanas e pedir perdão à coisa calma e branca que jazia lá dentro; mas, qualquer que fosse meu motivo, ataquei a grama semicongelada com um desespero em parte meu, em parte de uma força dominadora exterior a mim. A escavação foi bem mais fácil do que eu esperava, apesar de uma estranha interrupção em certo momento, quando um esguio abutre mergulhou do céu frio e bicou freneticamente a terra do túmulo até eu matá-lo com um golpe da minha pá. Finalmente cheguei ao caixão oblongo apodrecido e removi a tampa úmida e nitrosa. Esse foi o último ato racional que realizei em minha vida.

Pois agachado dentro daquele caixão centenário, cercado por um compacto e horripilante séquito de imensos morcegos tendinosos e adormecidos, estava o ser ossudo de quem eu e meu amigo havíamos roubado; não limpo e plácido como o víramos antes, mas coberto de sangue pisado e farrapos alheios de carne e cabelos, e me olhava com malícia e consciência, com órbitas fosforescentes e presas pontiagudas e ensanguentadas, que se abriam, sorrindo com escárnio da minha perdição inevitável. E quando brotou daquelas mandíbulas sorridentes um profundo e sardônico uivo, como de um cão gigante, e vi que ele segurava em sua garra sangrenta e imunda o perdido e fatídico amuleto de jade verde, apenas gritei e fugi como um idiota, meus gritos logo se dissolvendo em jatos de riso histérico.

A loucura cavalga o vento estelar... garras e presas afiadas em séculos de cadáveres... gotejando morte montada em um Bacanal de morcegos vindo das ruínas negras como a noite dos templos enterrados de Belial... Agora, enquanto o uivo da monstruosidade morta e descarnada torna-se cada vez mais alto, e os sussurros e adejos furtivos dessas malditas asas enredadas circulam cada vez mais perto, buscarei com meu revólver o esquecimento, que é meu único refúgio do inominado e inominável.

O DEPOIMENTO DE RANDOLPH CARTER

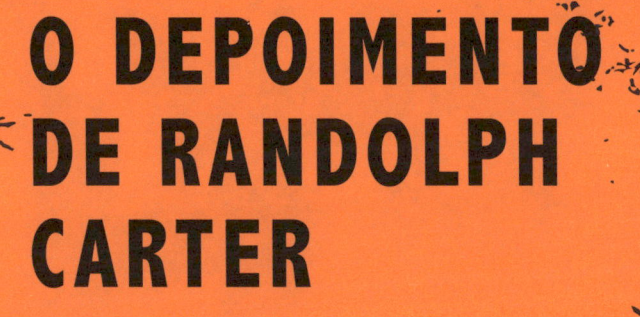

TRADUÇÃO:
THELMA MÉDICI NÓBREGA

REPITO, cavalheiros, que seu interrogatório é inútil. Detenham-me aqui para sempre, se quiserem, confinem-me ou executem-me, se precisam de uma vítima para proporcionar a ilusão que chamam de justiça. Não posso, porém, dizer mais do que já disse. Tudo de que me lembro lhes contei com absoluta sinceridade. Nada foi distorcido ou ocultado, e, se algo permanece vago, é só por causa da nuvem escura que caiu sobre a minha mente — essa nuvem e a natureza nebulosa dos horrores que a fizeram se abater sobre mim.

Digo mais uma vez, não sei que fim levou Harley Warren, embora pense — quase almeje — que esteja em sereno oblívio, se é que existe em algum lugar semelhante bênção. É verdade que há cinco anos tenho sido seu melhor amigo e em parte compartilhado suas terríveis pesquisas sobre o desconhecido. Não negarei, embora minha memória esteja vaga e indistinta, que essa testemunha de vocês pode ter-nos visto juntos, como ela diz, na estrada de Gainesville, andando na direção do Pântano do Grande Cipreste, às onze e meia daquela noite horrível. Que levávamos lanternas elétricas, pás e um curioso rolo de fio, a que se prendiam certos instrumentos, eu até mesmo afirmo, pois todos esses objetos tiveram um papel importante na cena hedionda que continua gravada a fogo em minha memória abalada. Mas, quanto ao que se seguiu e por que razão fui encontrado sozinho e atordoado na beira do pântano na manhã seguinte, devo insistir que não sei nada, salvo o que já lhes contei repetidas vezes. Vocês afirmam que não há nada no pântano ou próximo a ele capaz de produzir o cenário daquele pavoroso episódio. Respondo que não sei nada além do que vi. Visão ou pesadelo pode ter sido — visão ou pesadelo eu fervorosamente espero que tenha sido —, porém, é tudo que minha mente retém do que se deu naquelas horas chocantes depois que saímos da vista dos homens. E por que Harley Warren não retornou, só ele ou seu espectro — ou alguma *coisa* inominável que não sei descrever — poderão dizer.

Como já afirmei, eu conhecia bem, e até compartilhava em certa medida, os estudos fantásticos de Harley Warren. De sua vasta coleção de livros raros e estranhos sobre assuntos proibidos, li todos escritos nas línguas que domino, mas esses são poucos, comparados àqueles em idiomas que desconheço. A maioria, acredito, é em árabe; e o livro de inspiração diabólica que acarretou a tragédia — o livro que ele levava no bolso ao deixar este mundo — era escrito em caracteres que jamais vi em lugar algum. Warren nunca quis dizer-me o que havia naquele livro. Quanto à natureza dos nossos estudos... precisarei repetir que já não compreendo bem qual era? Parece-me até misericordioso que seja assim, pois eram estudos terríveis, aos quais me dedicava mais por fascinação relutante do que por inclinação verdadeira.

O DEPOIMENTO DE RANDOLPH CARTER

Warren sempre me dominava, e às vezes eu o temia. Lembro-me de como tremi diante de sua expressão na noite anterior ao nefasto acontecimento, quando ele falou sem cessar de sua teoria, *por que certos cadáveres nunca se decompõem, mas permanecem firmes e inteiros em seus túmulos por mil anos*. Mas não o temo mais, pois suspeito que tenha conhecido horrores além do meu alcance. Agora temo *por* ele.

Mais uma vez digo que não tenho ideia clara de nosso objetivo naquela noite. Certamente, tinha muito a ver com o livro que Warren levava consigo — o antigo livro de caracteres indecifráveis que ele recebera da Índia um mês antes —, mas juro que não sei o que esperávamos encontrar. A testemunha de vocês disse que nos viu às onze e quinze na estrada Gainesville, a caminho do Pântano do Grande Cipreste. Isso provavelmente é verdade, mas não tenho nenhuma lembrança distinta disso. A imagem gravada na minha alma é de uma cena apenas, e devia ser muito após a meia-noite, pois a Lua minguante estava alta no céu vaporoso.

O lugar era um antigo cemitério, tão antigo que estremeci diante dos múltiplos sinais de anos imemoriais. Ficava em uma depressão profunda e úmida, coberta de mato alto, musgo e curiosas ervas rasteiras, e envolvido por um vago fedor que minha fantasia ociosa associou, absurdamente, com pedras podres. Por todos os lados havia sinais de abandono e decrepitude, e eu parecia assombrado pela ideia de que Warren e eu éramos as primeiras criaturas vivas em um silêncio letal de séculos. Sobre a borda do vale, a Lua minguante e evanescente espiava através dos vapores fétidos que pareciam emanar de inauditas catacumbas, e através de seus raios débeis e vacilantes eu podia distinguir um aglomerado repelente de antigas lápides, urnas, cenotáfios e fachadas de mausoléus — tudo desmoronando, coberto de musgo, manchado de umidade e parcialmente oculto pela repugnante exuberância da vegetação insalubre. Minha primeira impressão vívida de minha presença naquela terrível necrópole refere-se ao ato de deter-me com Warren diante de um certo sepulcro semidestruído e de atirar no chão alguns fardos que, aparentemente, estivéramos carregando. Então observei que tinha comigo uma lanterna elétrica e duas pás, enquanto meu companheiro estava equipado com uma lanterna semelhante e um aparelho telefônico portátil. Nenhuma palavra foi proferida, pois parecia que conhecíamos o local e a tarefa. E sem demora pegamos as pás e começamos a remover o mato, es ervas e a terra solta da cova rasa e arcaica. Após descobrirmos toda sua superfície, que consistia de três imensas lápides de granito, recuamos alguns passos para examinar a cena fúnebre, e Warren parecia fazer alguns cálculos mentais. Então ele voltou ao sepulcro e, usando a pá como alavanca, tentou erguer a lápide mais próxima a uma ruína de pedra que podia ter sido um monumento outrora. Não conseguiu e fez sinal para que eu o ajudasse. Finalmente, nossas forças combinadas soltaram a pedra, que levantamos e viramos para o lado.

    A remoção da laje revelou uma abertura escura, da qual irrompeu um fluxo de gases miasmáticos, tão nauseantes que recuamos horrorizados. Após um intervalo, porém, nós nos reaproximamos da cova e achamos as exalações menos insuportáveis. Nossas lanternas

O DEPOIMENTO DE RANDOLPH CARTER

revelaram o topo de um lance de degraus de pedra, dos quais gotejava um repugnante icor do interior da terra e que era cercado por paredes úmidas encrustadas de salitre. E agora, pela primeira vez, minha memória registra linguagem verbal, Warren se dirigindo a mim longamente com sua macia voz de tenor; uma voz singularmente inalterada por nosso ambiente soturno.

"Lamento ter de lhe pedir que fique na superfície", disse ele, "mas seria um crime permitir que alguém com nervos tão frágeis descesse até lá. Não pode imaginar, nem mesmo pelo que leu e pelo que eu lhe disse, as coisas que terei de ver e fazer. Trata-se de um trabalho diabólico, Carter, e duvido que qualquer homem que não tenha uma sensibilidade de ferro possa realizá-lo e voltar vivo e são. Não desejo ofendê-lo, e Deus sabe como gostaria de tê-lo ao meu lado, mas a responsabilidade de certa maneira é minha, e eu não seria capaz de arrastar uma pilha de nervos como você para a morte ou loucura quase certas. Estou dizendo, não pode imaginar o que seja realmente a coisa! Mas prometo mantê-lo informado pelo telefone de cada passo — como vê, tenho fio suficiente para chegar ao centro da terra e voltar!"

Ainda ouço na minha memória aquelas palavras ditas tão calmamente, e ainda me lembro dos meus protestos. Eu parecia desesperadamente ansioso por acompanhar meu amigo àquelas profundezas sepulcrais; porém, ele se mostrava inflexível e obstinado. A certo instante, ameaçou abandonar a expedição se eu continuasse a insistir, uma ameaça que se mostrou eficaz, porque somente ele detinha a chave para a coisa. De tudo isso ainda me lembro, embora não me lembre mais de que espécie de coisa buscávamos. Depois de ter garantido minha relutante aquiescência ao seu plano, Warren apanhou o rolo de fio e ajustou seus instrumentos. A um gesto seu, peguei um deles e me sentei sobre uma lápide vetusta e descorada, perto da abertura recém-exposta. Então, ele apertou minha mão, ergueu nos ombros o rolo de fio e desapareceu dentro daquele indescritível ossuário. Por um minuto, acompanhei o brilho da sua lanterna e ouvi o ruído do arame enquanto ele o soltava ao andar; mas o brilho logo desapareceu abruptamente, como se ele tivesse dobrado uma curva na escada de pedra, e o som cessou com quase a mesma rapidez. Eu estava sozinho, porém ligado às profundezas desconhecidas por aqueles cordões mágicos, cuja superfície isolada de verde se estendia sob os raios obstinados daquela Lua minguante.

No silêncio solitário daquela arcaica e deserta cidade dos mortos, minha mente concebia as mais medonhas fantasias e ilusões, e os grotescos templos e monólitos pareciam assumir uma personalidade horrenda — uma quase senciência. Sombras amorfas pareciam espreitar nos recessos mais escuros do côncavo sufocado de ervas e esvoaçar como em uma procissão cerimonial blasfema diante dos portais dos túmulos decadentes; sombras que não podiam ter sido lançadas por aquela Lua pálida e observadora. Eu consultava meu relógio constantemente à luz da lanterna elétrica e olhava com ansiedade febril para o receptor do telefone. No entanto, por mais de um quarto de hora não ouvi nada. Então um estalido fraco veio do instrumento, e chamei meu amigo com voz tensa. Por mais apreensivo que estivesse, não estava preparado para as palavras que emergiram daquela cripta hedionda, em tom mais alarmado e trêmulo do que eu jamais ouvira de Harley Warren. Ele, que me deixara tão calmamente havia pouco, agora me chamava lá de baixo, em um sussurro trêmulo mais portentoso que o mais alto dos gritos:

"Meu Deus! Se você pudesse ver o que estou vendo!".

Não fui capaz de responder. Estupefato, só pude esperar. Então, as palavras frenéticas recomeçaram:

"Carter, é terrível... monstruoso... inacreditável!"

Dessa vez, a voz não me faltou, e despejei no telefone um jorro de perguntas agitadas. Aterrorizado, eu não parava de repetir: "Warren, o que é? O que é?".

Outra vez ouvi a voz do meu amigo, ainda impregnada de medo e agora aparentemente tingida de desespero:

"Não sei dizer, Carter! Ultrapassa qualquer entendimento... Não ouso dizer... nenhum homem poderia saber e sobreviver... Santo Deus! Nunca sonhei com *isso*!".

Silêncio de novo, quebrado apenas pela minha agora desconexa torrente de perguntas trêmulas. Então, ouvi a voz de Warren, em um grito de tresloucada consternação:

"Carter! Pelo amor de Deus, ponha a laje de volta e saia daqui, se puder! Rápido! Largue tudo e corra para fora... É sua única chance! Faça o que digo e não me peça que explique!".

Eu escutava, mas conseguia apenas repetir minhas frenéticas perguntas. Ao meu redor estavam os túmulos, a escuridão e as sombras; abaixo de mim, algum perigo além do alcance da imaginação humana. Mas meu amigo corria um perigo maior que o meu, e através do medo senti um vago ressentimento por ele me julgar capaz de abandoná-lo em tais circunstâncias. Mais estalidos e, depois de uma pausa, um grito pungente de Warren:

"Dê o fora daí! Pelo amor de Deus, ponha a laje de volta e dê o fora daí, Carter!"

Algo na gíria juvenil do meu companheiro, evidentemente apavorado, devolveu-me minhas faculdades. Formei e gritei uma resolução: "Warren, aguente firme! Vou descer!". Mas, ao ouvir essa oferta, o tom do meu interlocutor transformou-se em um grito de profundo desespero:

"Não! Você não entende! É tarde demais... e por minha própria culpa. Ponha a laje de volta e corra — não há nada que você ou qualquer pessoa possa fazer agora!".

Seu tom mudou de novo, dessa vez adquirindo uma inflexão mais suave, como que uma resignação desesperançada. Contudo, para mim permanecia tenso e ansioso.

"Rápido... antes que seja tarde demais!"

Tentei não lhe dar ouvidos, tentei romper a paralisia que me dominava e cumprir minha promessa de correr em seu auxílio. Mas seu próximo sussurro me encontrou ainda preso, inerte nos grilhões do horror supremo.

"Carter... rápido! Não adianta... você precisa ir... melhor um que dois... a laje..."

Uma pausa, mais estalidos, e depois a voz fraca de Warren:

"Está quase acabado agora... não torne mais difícil... cubra esses malditos degraus e salve sua vida... está perdendo tempo... Adeus, Carter... Não voltarei a vê-lo".

Nesse momento, o sussurro de Warren se elevou em um lamento, um lamento que aos poucos se transformou em um grito, contendo todo o horror das eras:

"Malditas coisas infernais... legiões... Meu Deus! Dê o fora! Dê o fora! Dê o fora!

O DEPOIMENTO DE RANDOLPH CARTER

Depois disso, silêncio. Não sei por quantos intermináveis éons permaneci ali, estupefato, sussurrando, murmurando, chamando, gritando naquele telefone. Repetidas vezes no transcorrer daqueles éons sussurrei e murmurei, chamei, gritei e bradei: "Warren! Warren! Responda...você está aí?".

E então sobreveio o horror maior de todos — a coisa inacreditável, inimaginável, quase inenarrável. Já disse que éons pareceram transcorrer desde que Warren gritou seu último e desesperado alerta, e que apenas meus gritos agora rompiam o silêncio horrendo. Mas, após algum tempo, houve mais um estalido no telefone e apurei os ouvidos. Outra vez chamei: "Warren, você está aí?", e em resposta ouvi a *coisa*, que lançou essa nuvem sobre a minha alma. Não tentarei, cavalheiros, explicar aquela *coisa*... aquela voz... nem posso ousar descrevê-la em detalhes, visto que as primeiras palavras roubaram minha consciência e criaram um vácuo mental que se estendeu ao momento em que despertei no hospital. Direi que a voz era grave, cava, gelatinosa, remota, sobrenatural, inumana, desencarnada? O que direi? Era o final da minha experiência e é o fim da minha história. Eu a escutei, e não soube de mais nada. Escutei-a enquanto permanecia petrificado naquele cemitério desconhecido no vale, entre as pedras corroídas e os túmulos em ruínas, a vegetação pútrida e os vapores miasmáticos. Escutei-a emergir das profundezas mais recônditas daquele maldito sepulcro aberto, enquanto assistia a sombras amorfas e necrófagas dançarem à luz maldita de uma Lua minguante. E o que ela disse foi:

"Seu tolo, Warren está morto!"

OS SONHOS NA CASA DA BRUXA

TRADUÇÃO:
THELMA MÉDICI NÓBREGA

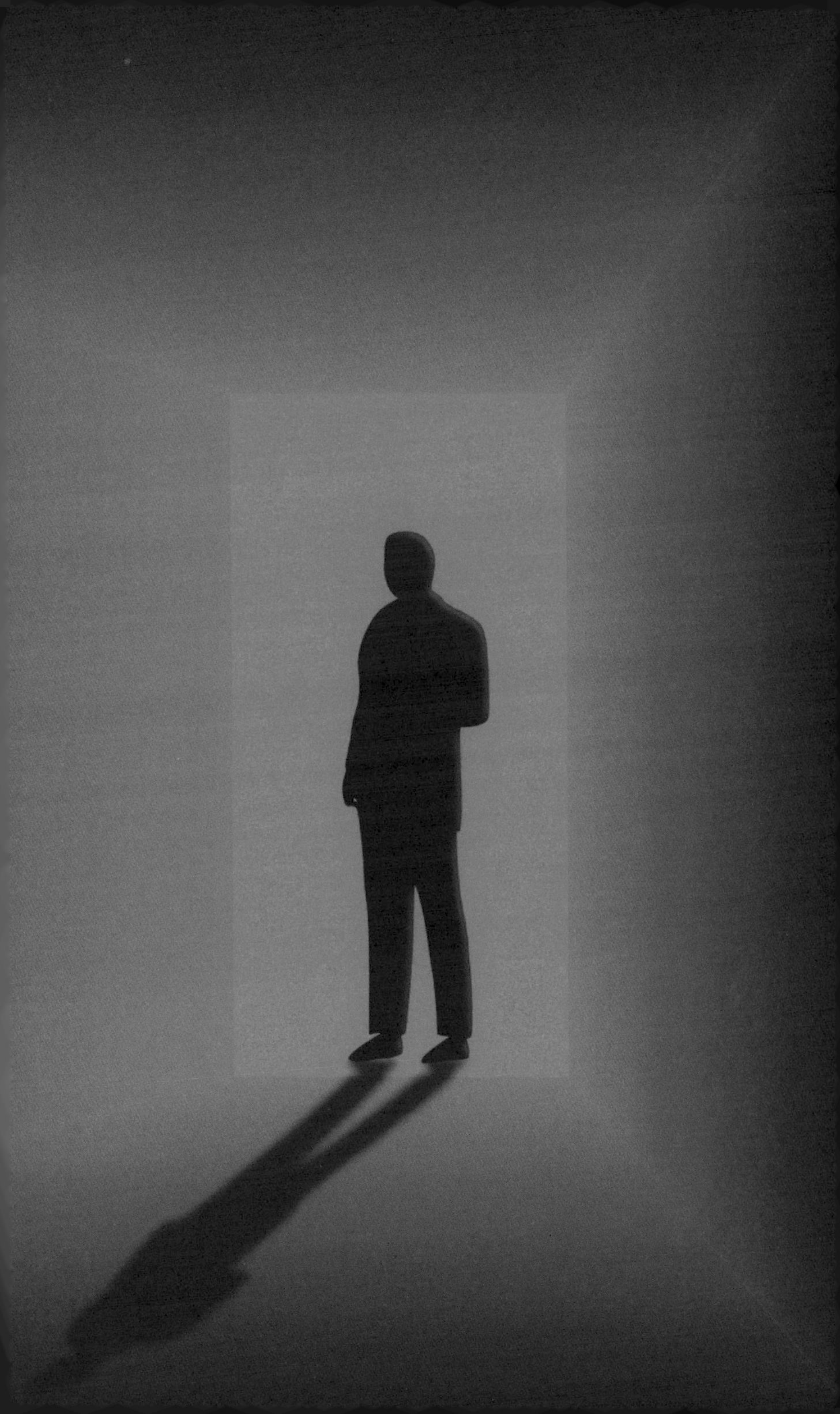

SE OS SONHOS TROUXERAM a febre ou se a febre trouxe os sonhos, Walter Gilman não sabia. Por trás de tudo espreitava o horror funesto e pestilento da antiga cidade e do mofado e soturno quarto de mansarda onde ele escrevia, estudava e brigava com números e fórmulas, quando não se debatia na exígua cama de ferro. Seus ouvidos estavam tornando-se sensíveis a um grau sobrenatural e intolerável, e havia muito ele desligara o relógio barato sobre a lareira, cujo tique-taque passara a se assemelhar a um troar de artilharia. À noite, a agitação sutil da cidade às escuras, a correria sinistra dos ratos nos tabiques carcomidos e o ranger de vigas ocultas na casa secular bastavam para lhe dar a sensação de um estridente pandemônio. A escuridão sempre pululava com sons inexplicados — e, no entanto, ele às vezes tremia de medo que os barulhos que ouvia baixassem e permitissem que escutasse outros ruídos, mais fracos, que suspeitava espreitarem por trás deles.

Ele estava na cidade de Arkham, imutável e assombrada por lendas, com seu aglomerado de telhados triangulares que balançam e vergam sobre sótãos onde bruxas se escondiam dos homens do Rei, nos tempos antigos e sombrios da Província. E nenhum lugar naquela cidade era mais imerso em memórias macabras do que o quarto de duas águas que o abrigava — pois foram aquela casa e aquele quarto que da mesma forma abrigaram a velha Keziah Mason, cuja fuga da Prisão de Salem no último instante ninguém jamais foi capaz de explicar. Isso foi em 1692 — o carcereiro enlouqueceu e balbuciou frases sobre uma coisa peluda, pequena e de presas brancas que se esgueirou para fora da cela de Keziah, e nem mesmo Cotton Mather pôde explicar as curvas e ângulos borrados nas paredes de pedras cinzentas com um fluido viscoso e vermelho.

Possivelmente, Gilman não deveria ter estudado tanto. Cálculo não euclidiano e física quântica bastavam para exaurir qualquer cérebro; e, quando se misturam com folclore e se tenta traçar um estranho fundo de realidade multidimensional por trás das insinuações macabras dos contos góticos e dos extravagantes rumores ao pé da chaminé, não se pode esperar ser totalmente livre de tensão mental. Gilman era de Haverhill, mas só depois de entrar na faculdade em Arkham começou a relacionar a matemática às fantásticas lendas da magia antiga. Algo no ar da cidade arcaica agia obscuramente em sua imaginação. Os professores da Miskatonic lhe haviam pedido que diminuísse o ritmo e reduzido voluntariamente sua carga de estudos em várias matérias. Além disso, haviam-no impedido de consultar os livros suspeitos e antigos sobre segredos proibidos que eram mantidos a sete chaves em um cofre da biblioteca da universidade. Mas todas essas precauções foram tomadas tarde demais, de modo que Gilman tinha pistas terríveis do temido

OS SONHOS NA CASA DA BRUXA

Necronomicon, de Abdul Alhazred, do fragmentário *Livro de Eibon* e do suprimido *Unaussprechlichen Kulten*, de von Junzt, para correlacionar com suas fórmulas abstratas sobre as propriedades do espaço e a ligação entre dimensões conhecidas e desconhecidas.

Ele sabia que seu quarto ficava na velha Casa da Bruxa — de fato, foi por isso que o alugara. Havia muita coisa nos registros do condado de Essex sobre o julgamento de Keziah Mason, e o que ela havia admitido sob pressão ao Tribunal de Oyer e Terminer provocou em Gilman um fascínio alheio à razão. Ela contara ao juiz Hathorne sobre linhas e curvas que podiam ser feitas de modo a apontar para direções através das paredes do espaço para outros espaços além e insinuara que essas linhas e curvas eram frequentemente usadas em certas reuniões à meia-noite, no escuro vale da pedra branca, depois do Monte Meadow, e na ilha despovoada no rio. Também falara do Negro, do juramento dela e de seu novo nome secreto, Nahab. Então ela desenhou aquelas formas nas paredes de sua cela e desapareceu.

Gilman acreditava em coisas estranhas sobre Keziah, e sentira uma emoção peculiar ao saber que sua morada ainda estava de pé após mais de 235 anos. Quando ele ouviu os rumores abafados que circulavam em Arkham sobre a presença persistente de Keziah na velha casa e nas ruas estreitas, sobre as marcas irregulares de dentes humanos deixadas em certos dormentes naquela e em outras casas, sobre os gritos infantis ouvidos perto da Noite de Walpurgis e do Dia de Todos os Santos, sobre o fedor frequentemente sentido no sótão da velha casa logo depois dessas temidas épocas e sobre a pequena coisa peluda e de dentes afiados que assombrava a estrutura corroída e a cidade e fuçava as pessoas com curiosidade nas horas sombrias antes da aurora, ele decidiu viver nela a qualquer custo. Foi fácil conseguir o quarto, porque a casa era impopular, difícil de alugar e havia muito tempo se convertera em uma acomodação ordinária. Gilman não poderia ter explicado o que esperava encontrar lá, mas sabia que queria viver no prédio onde alguma circunstância dera, de modo mais ou menos súbito, a uma velha medíocre do século dezessete uma visão de profundezas matemáticas talvez além das investigações mais modernas de Planck, Heisenberg, Einstein e de Sitter.

Ele estudou as paredes de madeira e gesso buscando vestígios de desenhos crípticos em todos os lugares acessíveis onde o papel havia descascado, e em uma semana conseguiu alugar o quarto da direita da mansarda, onde Keziah teria praticado seus feitiços. Estivera vago desde o início, pois ninguém jamais quisera permanecer nele muito tempo, mas o zelador polonês havia-se tornado receoso de alugá-lo. No entanto, nada aconteceu a Gilman até por volta da época da febre. Nenhum fantasma de Keziah trespassou os sombrios corredores e câmaras, nenhuma coisinha peluda insinuou-se em seu lúgubre aposento para fuçá-lo e nenhum registro dos feitiços da bruxa recompensou sua busca constante. Às vezes ele fazia caminhadas à sombra almiscarada do emaranhado de alamedas de terra batida, onde casas espectrais marrons de idade incerta se inclinavam, tremiam e espiavam zombeteiramente por janelas de vidraças estreitas. Ele sabia que coisas estranhas já haviam acontecido lá, e havia uma leve sugestão por trás da superfície de que nem tudo daquele passado monstruoso — pelo menos nas ruas mais escuras, estreitas e mais intrincadamente tortuosas — podia ter perecido completamente. Ele também remou duas vezes até a malfalada ilha no rio e fez um esboço dos ângulos singulares descritos pelas fileiras musgosas de pedras cinzentas e eretas cuja origem era tão obscura e imemorial.

O quarto de Gilman tinha um bom tamanho, mas uma forma estranhamente irregular, pois a parede da frente se inclinava perceptivelmente para dentro, da extremidade externa para a interna, enquanto o teto baixo se curvava suavemente para baixo na mesma direção. Exceto por uma óbvia toca de rato e sinais de outras já tapadas, não havia acesso — nem sinal de uma via de acesso anterior — ao espaço que devia ter existido entre a parede inclinada e a parede reta externa da frente da casa, embora uma visão do lado de fora mostrasse uma janela que havia sido fechada com tábuas em uma data muito remota. O sótão sobre o teto — que devia ter tido piso oblíquo — era igualmente inacessível. Quando subiu por uma escada até o sótão plano, coberto de teias de aranha, sobre o resto da mansarda, Gilman encontrou vestígios de uma antiga abertura forte e pesadamente coberta com tábuas velhas, presas por robustas cavilhas de madeira comuns na carpintaria colonial. No entanto, não houve persuasão capaz de induzir o obstinado zelador a deixá-lo investigar algum desses dois espaços fechados.

Com o passar do tempo, sua fixação com a parede e o teto irregulares do seu quarto aumentou, pois ele começou a ler nos ângulos estranhos um significado matemático que parecia oferecer vagas pistas concernentes ao seu propósito. A velha Keziah, refletiu ele, deve ter tido excelentes razões para viver em um quarto com ângulos peculiares, pois não foi por meio de certos ângulos que ela afirmou ter saído dos limites espaciais do mundo que conhecemos? Seu interesse gradualmente se afastou dos vácuos insondados por trás das superfícies inclinadas, visto que parecia agora que o propósito delas concernia ao lado em que ele já estava.

A febre e os sonhos começaram em princípios de fevereiro. Aparentemente, os curiosos ângulos do quarto de Gilman haviam exercido por algum tempo um efeito estranho e quase hipnótico sobre ele e, enquanto o carrancudo inverno avançava, ele se surpreendia olhando cada vez mais atentamente para o canto onde o teto descendente se encontrava com a parede ascendente. Por volta desse período, sua incapacidade de se concentrar em seus estudos formais o preocupou consideravelmente, e suas apreensões com os exames semestrais foram muito agudas. Mas a audição exagerada não era menos incômoda. A vida se tornara uma insistente e quase insuportável cacofonia, e havia aquela impressão constante e aterradora de *outros* sons — talvez de regiões além da vida —, pairando no limite mesmo do audível. Quanto aos barulhos concretos, os dos ratos nos antigos tabiques eram os piores. Às vezes seu arranhar parecia não só furtivo, mas deliberado. Quando vinha de trás da parede inclinada, era misturado com um tipo de chocalhar seco — e, quando vinha do sótão secular fechado sobre o teto inclinado, Gilman sempre se punha em guarda, como se previsse algum horror que só esperava o momento certo para descer e engolfá-lo completamente.

OS SONHOS NA CASA DA BRUXA

Os sonhos ultrapassavam totalmente o âmbito da sanidade, e Gilman achava que deviam ser resultado conjunto de seus estudos sobre matemática e folclore. Ele vinha pensando demais sobre as regiões vagas que, segundo suas fórmulas, deviam situar-se além das três dimensões que conhecemos, e sobre a possibilidade de que a velha Keziah Mason, guiada por alguma influência inconjecturável, havia encontrado o portal para tais regiões. Os registros amarelados do condado que continham seu testemunho e o de seus acusadores eram terrivelmente evocativos de coisas além da experiência humana — e as descrições do veloz e pequeno objeto peludo, que servia como seu assistente, dolorosamente realistas, apesar de seus detalhes incríveis.

Esse objeto — não maior que um rato de bom tamanho e pitorescamente chamado pela gente da cidade de "Joãozinho Marrom" — parecia ter sido fruto de um notável caso de ilusão em massa, pois em 1692 não menos que onze pessoas testemunharam tê-lo visto. Havia boatos recentes também, com um nível espantoso e intrigante de consenso. As testemunhas disseram que ele tinha pelos compridos e corpo de rato, mas que seu rosto barbado e os dentes afiados eram malignamente humanos, enquanto suas patas pareciam pequeninas mãos humanas. Levava mensagens entre a velha Keziah e o demônio e era alimentado pelo sangue da bruxa, que ele sugava como um vampiro. Sua voz era um guincho repugnante, e ele sabia falar todas as línguas. De todas as monstruosidades bizarras nos sonhos de Gilman, nada o enchia de tanto pânico e náusea quanto esse blasfemo e diminuto híbrido, cuja imagem ele via de uma forma mil vezes mais odiosa do que qualquer coisa que sua mente desperta deduzira dos registros antigos e dos rumores modernos.

Os sonhos de Gilman consistiam primordialmente de mergulhos em abismos infinitos de crepúsculos inexplicavelmente coloridos e sons intrigantemente desordenados — abismos cujas propriedades materiais e gravitacionais e cuja relação com sua própria entidade ele não conseguia nem começar a explicar. Ele não andava ou escalava, voava ou nadava, rastejava ou balançava; no entanto, sempre experienciava um modo de movimento em parte voluntário, em parte involuntário. Não podia avaliar bem sua própria condição, pois a visão de seus braços, pernas e tronco parecia sempre cortada por alguma estranha distorção de perspectiva; mas ele sentia que sua organização e faculdades físicas haviam sido, de algum modo, fantasticamente transmutadas e obliquamente projetadas — embora não sem uma certa relação grotesca com suas proporções e propriedades normais.

Os abismos estavam longe de ser vazios, por serem povoados com massas indescritivelmente angulares de substâncias com matizes bizarros, algumas das quais pareciam orgânicas, e outras, inorgânicas. Alguns dos objetos inorgânicos tendiam a despertar vagas memórias no fundo da sua mente, embora ele não conseguisse formar nenhuma ideia consciente daquilo que zombeteiramente lembravam ou sugeriam. Nos sonhos posteriores, ele começou a diferençar categorias distintas, nas quais os objetos orgânicos pareciam estar divididos, e envolver, em cada caso, uma espécie radicalmente diferente de padrão de conduta e motivação básica. Dessas categorias, uma parecia-lhe incluir objetos levemente menos ilógicos e irrelevantes em seus movimentos que os membros das outras categorias.

Todos os objetos — tanto orgânicos como inorgânicos — estavam totalmente além de qualquer descrição ou mesmo compreensão. Gilman às vezes comparava as massas inorgânicas a prismas, labirintos, aglomerados de cubos e planos e prédios ciclópicos, e as coisas inorgânicas lhe pareciam diversamente grupos de bolhas, polvos, centopeias, ídolos hindus vivos e intrincados arabescos, movendo-se em um tipo de animação ofídia. Tudo que ele via era indizivelmente ameaçador e horrível e, sempre que uma das entidades orgânicas parecia, por seus movimentos, notá-lo, ele sentia um pavor súbito e horrendo, que geralmente o sacudia e despertava. Sobre como as entidades orgânicas se moviam, não sabia mais do que sobre como ele próprio se movia. Com o tempo, observou mais um mistério — a tendência de certas entidades a aparecer subitamente no espaço vazio ou a desaparecer por completo de maneira igualmente súbita. A gritante e estrondosa confusão de sons que permeava os abismos ultrapassava qualquer análise quanto a tom, timbre ou ritmo, mas parecia em sincronia com vagas mudanças visuais em todos os objetos indefinidos, orgânicos ou inorgânicos. Gilman sentia um temor constante de que pudesse subir a um grau insuportável de intensidade durante uma ou outra de suas flutuações obscuras e implacavelmente inevitáveis.

Mas não era nesses vórtices de completa alienação que ele via Joãozinho Marrom. Esse pequeno e chocante horror era reservado para certos sonhos mais leves e nítidos, que o assaltavam pouco antes de ele sucumbir ao sono mais profundo. Estava deitado no escuro, lutando para permanecer acordado, quando um brilho fraco e pálido parecia tremeluzir ao redor do antigo quarto, mostrando em uma névoa violeta a convergência dos planos angulares que se havia apoderado de sua mente de maneira tão insidiosa. O horror parecia sair da toca de rato no canto do quarto e andar com passinhos rápidos na sua direção sobre o piso vergado de tábuas largas, com uma expectativa malévola em seu pequenino rosto humano barbado — mas, felizmente, esse sonho sempre se dissolvia antes que o objeto chegasse perto o bastante para fuçá-lo. Ele tinha caninos diabolicamente longos e afiados. Gilman tentava tapar a toca de rato todos os dias, mas a cada noite os verdadeiros inquilinos dos tabiques roíam o obstáculo, não importava qual fosse. Uma vez ele pediu que o zelador pregasse latão sobre a toca, mas na noite seguinte os ratos abriram uma nova e, ao fazê-lo, empurraram ou puxaram para dentro do quarto um curioso e pequeno fragmento de osso.

Gilman não relatou a febre ao médico, pois sabia que não passaria nos exames se fosse mandado para a enfermaria da faculdade, quando cada minuto era necessário para os estudos. Mesmo assim, repetiu em Cálculo D e Psicologia Geral Avançada, embora não sem esperança de recuperar o terreno perdido antes do final do período letivo. Foi em março que o novo elemento entrou em seu sonho preliminar mais leve, e a forma aterradora de Joãozinho Marrom começou a ser acompanhada por uma mancha nebulosa que passou a lembrar cada vez mais uma velha encurvada. Esse acréscimo perturbou Gilman mais do que ele podia explicar, mas finalmente

OS SONHOS NA CASA DA BRUXA

ele concluiu que se parecia com uma velha megera com quem na realidade se deparara duas vezes no escuro emaranhado de alamedas perto dos cais abandonados. Nessas ocasiões, o olhar malévolo, sardônico e aparentemente imotivado da bruxa o fizera quase tremer — principalmente a primeira vez, quando um rato gigante, que cruzou a entrada obscura de um beco próximo, fizera-o pensar irracionalmente em Joãozinho Marrom. Agora, refletiu ele, esses medos neurastênicos eram espelhados em seus sonhos desordenados.

Que a influência da velha casa era insalubre, ele não podia negar — mas vestígios de seu interesse mórbido inicial ainda o mantinham lá. Ele ponderava que a febre era a única responsável por suas fantasias noturnas e que, quando o surto se abatesse, ele se libertaria das visões monstruosas. Essas visões, contudo, eram horrendamente vívidas e convincentes, e sempre que acordava ele retinha uma vaga sensação de ter vivido muito mais do que se lembrava. Estava terrivelmente certo de que em sonhos esquecidos ele falara tanto com Joãozinho Marrom como com a velha, e que haviam insistido que fosse a algum lugar com eles para encontrar um terceiro ser de potência maior.

No final de março, ele começou a retomar a matemática, embora outros estudos o preocupassem cada vez mais. Estava adquirindo um dom intuitivo para resolver equações riemannianas e surpreendeu o professor Upham por seu entendimento da quarta dimensão e outros problemas que haviam bestificado o resto da classe. Certa tarde houve uma discussão sobre possíveis curvaturas aberrantes no espaço e sobre pontos teóricos de aproximação ou mesmo contato entre nossa parte do cosmos e várias outras regiões tão afastadas como as mais remotas estrelas ou os próprios golfos transgalácticos — ou até fabulosamente distantes como as unidades cósmicas quase inconcebíveis além de todo o *continuum* espaço-tempo de Einstein. O modo como Gilman tratou o tema encheu todos de admiração, embora algumas de suas ilustrações hipotéticas tenham aumentado os mexericos sempre abundantes sobre sua excentricidade nervosa e solitária. O que fazia os estudantes balançarem a cabeça era sua sóbria teoria de que o homem podia — dado o conhecimento matemático reconhecidamente além de toda probabilidade de aquisição humana — passar deliberadamente da Terra para qualquer outro corpo celeste, que podia situar-se entre uma infinidade de pontos específicos no padrão cósmico.

Tal passo, dizia ele, exigiria apenas duas etapas: primeiro, uma passagem da esfera tridimensional que conhecemos e, segundo, uma passagem de volta à esfera tridimensional em outro ponto, talvez de uma distância infinita. Que isso pudesse ser realizado sem a perda da vida era, em muitos casos, concebível. Qualquer ser, de qualquer parte do espaço tridimensional, provavelmente poderia sobreviver na quarta dimensão, e sua sobrevivência na segunda etapa dependeria de que outra parte do espaço tridimensional ele selecionasse para sua reentrada. Criaturas de alguns planetas podiam ser capazes de viver em certos outros — até em planetas pertencentes a outras galáxias ou a fases dimensionais semelhantes de outros *continua* de espaço-tempo —, ainda que, naturalmente, devesse haver um vasto número de corpos ou zonas de espaço mutualmente inabitáveis, embora matematicamente justapostos.

Também era possível que os habitantes de um dado reino dimensional pudessem sobreviver à entrada em muitos reinos desconhecidos e incompreensíveis de dimensões adicionais ou indefinidamente multiplicadas — dentro ou fora do *continuum* espaço-tempo dado — e que o inverso fosse igualmente verdadeiro. Isso era uma questão de especulação, embora se pudesse ter razoável certeza de que o tipo de mutação envolvida em uma passagem de qualquer plano dimensional para o próximo plano superior não destruiria a integridade biológica como a entendemos. Gilman não conseguia ser muito claro sobre suas razões para essa última suposição, mas sua obscuridade aqui era mais que compensada por sua clareza em outros pontos complexos. O professor Upham gostava em especial de sua demonstração da afinidade da alta matemática com certas fases do folclore mágico transmitidas através das eras por um ser antigo e inefável — humano ou pré-humano —, cujo conhecimento do cosmos e suas leis era maior do que o nosso.

Por volta de primeiro de abril, Gilman estava consideravelmente preocupado porque sua febre baixa não cedia. Também o perturbava o que alguns inquilinos diziam sobre seu sonambulismo. Parecia que ele frequentemente se ausentava de sua cama e que o ranger do seu assoalho a certas horas da noite era notado pelo homem do quarto de baixo. Esse sujeito também disse ouvir passos de pés calçados à noite; mas Gilman estava certo de que ele estava enganado nesse ponto, já que sapatos e outras vestimentas estavam sempre exatamente no lugar pela manhã. Era possível desenvolver todo tipo de ilusões auditivas naquela velha casa mórbida — pois até mesmo Gilman, mesmo à luz do dia, não tinha agora certeza de que barulhos além do arranhar dos ratos vinham dos vazios negros além da parede inclinada e acima do teto inclinado. Seus ouvidos patologicamente sensíveis começaram a detectar passos suaves no sótão lacrado acima dele em tempos imemoriáveis, e às vezes tais ilusões eram agonizantemente realistas.

No entanto, ele sabia que de fato havia-se tornado um sonâmbulo, pois seu quarto fora encontrado vazio à noite duas vezes, embora com todas as suas roupas no lugar. Essa certeza ele havia recebido de Frank Elwood, o único inquilino estudante além dele, cuja pobreza havia forçado a albergar-se na casa esquálida e impopular. Elwood estivera estudando de madrugada e subira para pedir ajuda com uma equação diferencial, mas dera com a ausência de Gilman. Fora um tanto presunçoso da sua parte abrir a porta destrancada depois que suas batidas não haviam suscitado uma resposta, mas ele precisava da ajuda urgentemente e achara que seu anfitrião não se importaria em ser acordado com gentileza. Mas em nenhuma das duas ocasiões Gilman estivera lá — e, quando soube do acontecido, ele se perguntou por onde poderia ter andando, descalço e só de pijama. Decidiu investigar a questão se relatos sobre seu sonambulismo continuassem e pensou em polvilhar farinha no chão do corredor para ver aonde seus passos levavam. A porta era a única saída possível, pois não havia ponto de apoio fora da janela estreita.

Com o avançar do mês de abril, os ouvidos de Gilman, aguçados pela febre, foram perturbados pelas orações lamuriantes de um consertador de teares chamado Joe Mazurewicz, que alugava um quarto no térreo. Mazurewicz havia contado histórias longas e desconexas sobre o fantasma da velha Keziah e a coisa peluda, fuçadora e de dentes afiados, e dito que às vezes o assombravam tanto que somente seu crucifixo de prata — que lhe fora dado para esse propósito pelo padre Iwanicki, da Igreja de Santo Estanislau — podia dar-lhe alívio. Agora ele rezava porque o Sabá das Bruxas se aproximava. Trinta de abril era a Noite de Walpurgis, quando o mal mais negro do inferno vagava pela Terra e todos os escravos de Satã se reuniam para ritos e atos inomináveis. Era sempre uma época muito ruim em Arkham, ainda que as pessoas finas da avenida Miskatonic e das ruas High e Saltonstall fingissem não saber nada a respeito. Havia malfeitos — e uma criança ou duas provavelmente desapareciam. Joe sabia dessas coisas, pois sua avó na sua velha pátria ouvira histórias de sua avó. Era sensato fazer orações e rezar o terço nessa época. Durante três meses, Keziah e Joãozinho Marrom não chegaram perto do quarto de Joe, nem do quarto de Paul Choynski, nem de qualquer outro lugar — e não era bom sinal quando se afastavam assim. Deviam estar tramando algo.

Gilman foi ao consultório do médico no dia 16 daquele mês e ficou surpreso ao saber que sua temperatura não estava tão alta quanto temia. O médico o interrogou severamente e o aconselhou a consultar um neurologista. Ao refletir depois, ele se alegrou por não ter consultado o ainda mais inquisidor médico da faculdade. O velho Waldron, que já havia limitado suas atividades antes, tê-lo-ia feito repousar — algo impossível agora que estava tão próximo de alcançar grandes resultados em suas equações. Certamente estava perto da fronteira entre o universo conhecido e a quarta dimensão, e quem era capaz de dizer até onde ele poderia chegar?

Mas, ao mesmo tempo que tinha esses pensamentos, ele se perguntava sobre a fonte de sua estranha confiança. Toda essa perigosa sensação de iminência vinha das fórmulas nas folhas que ele estudava a cada dia? Os passos suaves, furtivos e imaginários no sótão lacrado eram enervantes. E agora também havia uma sensação crescente de que alguém constantemente o persuadia a fazer algo terrível que ele não podia fazer. E quanto ao sonambulismo? Aonde ele ia às vezes, à noite? E o que era aquela sugestão fugidia de som que às vezes parecia atravessar a enlouquecedora confusão de sons identificáveis, mesmo em plena luz do dia e em total vigília? Seu ritmo não correspondia a nada na Terra, a não ser, talvez, a cadência de um ou dois cânticos sabáticos impronunciáveis, e às vezes ele temia que correspondesse a certos atributos dos gritos ou bramidos vagos naqueles abismos totalmente alienígenas dos sonhos.

Os sonhos, enquanto isso, tornavam-se atrozes. Na fase preliminar e mais leve, a velha malévola agora estava diabolicamente nítida, e Gilman sabia que era ela quem o havia assustado no bairro pobre. Sua corcunda, nariz comprido e queixo curto eram inconfundíveis, e suas vestes marrons e disformes eram como as que ele recordava. A expressão do seu rosto era de horrível malevolência e exultação, e, quando acordava, ele se lembrava de uma voz cavernosa que persuadia e ameaçava. Ele devia encontrar o Negro e ir com eles todos ao trono

OS SONHOS NA CASA DA BRUXA

de Azathoth no centro do supremo Caos. Foi o que ela disse. Ele devia assinar com seu próprio sangue o livro de Azathoth e adotar um novo nome secreto, agora que suas investigações independentes haviam ido tão longe. O que o impediu de ir com ela, Joãozinho Marrom e o outro ao trono do Caos, onde as finas flautas soam ilogicamente, foi o fato de ter visto o nome "Azathoth" no *Necronomicon* e saber que representava um mal primitivo horrendo demais para ser descrito.

A velha sempre surgia do nada perto do canto onde a inclinação descendente se encontrava com a inclinação ascendente. Parecia cristalizar-se em um ponto mais próximo do teto que do chão, e a cada noite ela ficava um pouco mais próxima e mais nítida antes que o sonho mudasse. Joãozinho Marrom também estava sempre um pouco mais próximo no final, e suas presas amareladas brilhavam pavorosamente naquela fosforescência violeta e sobrenatural. Seu guincho agudo e detestável penetrava cada vez mais na mente de Gilman, e ele podia lembrar-se de manhã como pronunciara as palavras "Azathoth" e "Nyarlathotep".

Nos sonhos mais profundos, tudo também era mais nítido, e Gilman sentia que os abismos crepusculares ao seu redor eram os de quatro dimensões. As entidades orgânicas cujos movimentos pareciam menos flagrantemente irrelevantes e imotivados provavelmente eram projeções de formas de vida de nosso planeta, inclusive de seres humanos. O que as outras eram em sua própria esfera ou esferas dimensionais, ele não ousava tentar pensar. Duas das coisas móveis menos irrelevantes — um grande aglomerado de bolhas iridescentes prolatamente esferoidais e um poliedro bem menor, de cores desconhecidas e ângulos superficiais que se deslocavam rapidamente — pareciam notá-lo e segui-lo ou flutuar para a frente enquanto ele mudava de posição entre os prismas colossais, labirintos, grupos de cubos e planos e semiedifícios. E durante todo esse tempo os gritos e bramidos vagos tornavam-se cada vez mais altos, como se beirando algum monstruoso clímax de intensidade totalmente insuportável.

Durante a noite de 19 para 20 de abril, o fato novo ocorreu. Gilman estava movendo-se meio involuntariamente pelos abismos crepusculares, com a massa-bolha e o pequeno poliedro flutuando à sua frente, quando notou os ângulos peculiarmente regulares formados pelas bordas de alguns grupos gigantescos de prismas vizinhos. No segundo seguinte ele estava fora do abismo, pisando tremulamente sobre uma encosta rochosa banhada em intensa e difusa luz verde. Estava descalço e de pijama e, quando tentou andar, percebeu que mal conseguia erguer os pés. Um vapor rodopiante ocultava tudo, salvo o terreno inclinado imediato, e ele se contraiu ao pensar nos sons que podiam emergir daquele vapor.

Então, Gilman viu as duas formas rastejando penosamente em direção a ele — a velha e a pequena coisa peluda. A megera ajoelhou-se com esforço e conseguiu cruzar os braços de modo singular, enquanto Joãozinho Marrom apontava em uma direção com uma pata dianteira horrivelmente antropoide, que ergueu com evidente dificuldade. Levado por um impulso que ele não originou, Gilman se arrastou ao longo de um curso determinado pelo ângulo dos braços da velha e a direção da pata da pequena monstruosidade, e, antes de avançar três passos, estava de volta aos abismos crepusculares. Formas geométricas fervilhavam ao seu redor, e ele despencou zonza e interminavelmente. Por fim, acordou em sua cama, na mansarda de ângulos loucos da tenebrosa e velha casa.

Ele acordou imprestável e faltou a todas as aulas. Alguma atração desconhecida desviava seus olhos para uma direção aparentemente irrelevante, pois não conseguia parar de olhar para certo ponto vazio no chão. Com o passar do dia, o foco de seu olhar vago mudou de posição, e ao meio-dia ele havia dominado o impulso de fitar o vazio. Por volta das duas horas, saiu para almoçar e, ao andar pelas alamedas estreitas da cidade, percebeu que se voltava sempre para o sudeste. Só com esforço ele parou em uma cantina na rua Church e, depois da refeição, sentiu a atração desconhecida ainda mais forte.

Ele teria de consultar um neurologista, afinal — talvez houvesse uma ligação com seu sonambulismo. Mas, por enquanto, podia ao menos tentar quebrar ele mesmo o mórbido feitiço. Sem dúvida, ainda conseguia afastar-se da atração. Então, com grande resolução, resistiu a ela e se arrastou deliberadamente para o norte, ao longo da rua Garrison. Ao chegar à ponte sobre o Miskatonic, ele suava frio e agarrou o parapeito de ferro enquanto olhava rio acima para a ilha malfadada, cujas linhas regulares de pedras antigas cismavam taciturnamente na luz da tarde.

Então, teve um sobressalto — pois havia uma figura viva claramente visível naquela ilha desolada, e um segundo olhar lhe confirmou que decerto era a estranha velha, cujo aspecto sinistro havia penetrado tão desastrosamente em seus sonhos. A grama alta perto dela se movia também, como se outra coisa viva rastejasse perto do chão. Quando a velha começou a se virar para ele, Gilman se precipitou para fora da ponte e se abrigou nos becos labirínticos da orla da cidade. Por mais distante que a ilha fosse, ele sentiu que um mal invencível e monstruoso podia fluir do olhar sardônico daquela figura velha e encurvada vestida de marrom.

    A atração para o sudeste continuava, e somente com tremenda resolução Gilman conseguiu arrastar-se para dentro da velha casa e subir os degraus vacilantes. Por horas ele permaneceu silencioso e perdido, com os olhos se voltando gradualmente para o oeste. Por volta das seis horas, seus ouvidos aguçados captaram as preces lamuriosas de Joe Mazurewicz dois andares abaixo e, desesperado, pegou o chapéu e saiu para as ruas douradas pelo pôr do Sol, deixando que a atração agora direcionada para o sul o levasse para onde quisesse. Uma hora depois, a escuridão o encontrou nos descampados depois do riacho do Carrasco, com as brilhantes estrelas da primavera cintilando no céu. O impulso de andar estava aos poucos se transformando em um impulso de saltar misticamente para o espaço, e de repente ele percebeu exatamente onde estava a fonte da atração.

    Estava no céu. Um ponto definido entre as estrelas tinha-se apoderado dele e o chamava. Aparentemente, era um ponto em algum lugar entre Hidra e Argo Navis, e ele sabia que fora impelido em sua direção desde que acordara, logo após o alvorecer. Pela manhã, estivera embaixo; de tarde, elevara-se para o sudeste e agora estava aproximadamente ao sul, mas virando-se para o oeste. Qual era o significado dessa nova coisa? Ele estaria enlouquecendo? Quanto aquilo duraria? Reunindo mais uma vez suas forças, Gilman se virou e se arrastou de volta para a sinistra casa velha.

Mazurewicz o esperava na porta e parecia tanto ansioso quanto relutante em compartilhar aos sussurros uma nova superstição. Era sobre a luz da bruxa. Joe saíra para comemorar na noite anterior — era Dia do Patriota em Massachusetts — e voltara depois da meia-noite. Olhando para a casa a partir de fora, ele no começo pensou que a janela de Gilman estivesse escura, mas então viu um pálido brilho violeta no interior. Queria alertar o cavalheiro sobre aquele brilho, pois todos em Arkham sabiam que era a luz encantada de Keziah, que rondava Joãozinho Marrom e o fantasma da própria velha megera. Ele não havia mencionado antes, mas agora precisava dizer-lhe, porque significava que Keziah e seu assistente de presas longas estavam assombrando o jovem cavalheiro. Às vezes, ele, Paul Choynski e o zelador Dombrowski pensavam ver essa luz escapando das rachaduras do sótão lacrado sobre o quarto do jovem cavalheiro, mas todos haviam concordado em não falar a respeito. Todavia, seria melhor para o jovem cavalheiro mudar de quarto e pedir um crucifixo para um bom padre como o padre Iwanicki.

Enquanto o homem tagarelava, Gilman sentiu um pânico inominável fechar sua garganta. Sabia que Joe devia ter estado meio bêbado quando chegou a casa na noite anterior, mas a menção de uma luz violeta na janela da mansarda era de uma importância medonha. Era um brilho pálido desse tipo que sempre pairava ao redor da velha e da pequena coisa peluda naqueles sonhos mais leves e nítidos que prefaciavam seu mergulho em abismos desconhecidos, e pensar que uma segunda pessoa desperta pôde ver a luminância onírica era totalmente além dos limites da sanidade. No entanto, de onde o sujeito havia tirado ideia tão estranha? Ele teria falado, além de ter andado pela casa enquanto dormia? Não, disse Joe, não tinha — mas ele deveria verificar aquilo. Quem sabe Frank Elwood pudesse dizer-lhe, embora odiasse ter de perguntar.

Febre — sonhos loucos — sonambulismo — sonhos ilusórios — atração para um ponto no céu — e agora a suspeita de falar dormindo como um doido! Ele precisava parar de estudar, consultar um neurologista e se controlar. Quando subiu para o segundo andar, parou à porta de Elwood, mas viu que o outro jovem havia saído. Relutantemente, continuou subindo até seu quarto na mansarda e sentou-se no escuro. Seu olhar ainda era atraído para o sudoeste, mas ele também se percebeu ouvindo atentamente algum som no sótão fechado acima e quase imaginou que uma luz violeta maligna se infiltrava por uma fenda infinitesimal no teto baixo e inclinado.

Naquela noite, enquanto Gilman dormia, a luz violeta irrompeu sobre ele com maior intensidade, e a velha bruxa e a pequena coisa peluda — chegando mais perto que nunca — zombaram dele com guinchos desumanos e gestos demoníacos. Ele se alegrou em mergulhar nos abismos crepusculares vagamente rumorejantes, embora perseguir aquele aglomerado de bolhas iridescentes e o pequeno poliedro caleidoscópico fosse ameaçador e irritante. Então veio a mudança, quando vastos planos convergentes de uma substância de aspecto escorregadio surgiram acima e abaixo dele — uma mudança que terminou em um clarão de delírio e um fulgor de desconhecido, luz alienígena em que amarelo, carmim e índigo louca e inextricavelmente se mesclavam.

Ele estava meio deitado em um terraço alto, de fantástica balaustrada, sobre uma selva infinita de picos incríveis e sobrenaturais, planos equilibrados, abóbadas, minaretes, discos horizontais pousados em pináculos e inúmeras formas ainda mais extravagantes — algumas de pedra e algumas de metal — que brilhavam magnificamente na claridade mista, quase escaldante, de um céu policromático. Olhando para cima, viu três estupendos discos de chamas, cada um de um matiz diferente e a uma altura diferente de um horizonte curvo, infinitamente distante, de montanhas baixas. Atrás dele, camadas de terraços mais altos erguiam-se no ar até onde ele podia ver. A cidade abaixo estendia-se até os limites de sua visão, e ele esperava que nenhum som se elevasse dela.

O pavimento, de onde ele facilmente se ergueu, era de uma pedra polida e nervurada, que não estava em seu poder identificar, e os ladrilhos eram cortados em ângulos bizarros que lhe pareciam não assimétricos, mas baseados em alguma simetria de outro mundo cujas leis ele não compreendia. A balaustrada era da altura do peito, delicada e fantasticamente forjada, enquanto ao longo da grade distribuíam-se a intervalos curtos pequenas figuras de desenho grotesco e entalhe primoroso. Como toda a balaustrada, elas pareciam ser feitas de algum tipo de metal brilhante cuja cor não podia ser adivinhada naquele caos de esplendores mistos, e sua natureza desafiava totalmente qualquer conjectura. Representavam algum objeto estriado em forma de barril, com braços finos e horizontais que se estendiam como raios de um anel central e com botões ou bulbos se projetando do topo e da base do barril. Cada um desses botões era o centro de um sistema de cinco braços longos, chatos e resolvidos em triângulo, arranjados em torno dele como os braços de uma estrela-do-mar — quase horizontais, mas curvando-se levemente para longe do barril central. A base do botão inferior fundia-se à longa grade com um ponto de contato tão delicado que várias figuras se haviam quebrado e desaparecido. As figuras tinham cerca de onze centímetros de altura, enquanto os braços pontudos lhes davam um diâmetro máximo de cerca de seis centímetros.

Quando Gilman se levantou, os ladrilhos queimaram seus pés descalços. Estava totalmente sozinho, e seu primeiro ato foi andar até a balaustrada e olhar atordoado para a cidade infinita e ciclópica mais de seiscentos metros abaixo. Pensou ouvir uma confusão rítmica de sussurros baixos e musicais, cobrindo uma ampla gama tonal, elevando-se das ruas estreitas, e desejou poder discernir os habitantes do lugar. A visão deixou-o tonto após algum tempo, e ele teria caído no pavimento se não tivesse agarrado instintivamente a balaustrada lustrosa. Sua mão direita caiu sobre uma das figuras salientes, e o toque pareceu firmá-lo um pouco. Foi demasiado, no entanto, para a exótica delicadeza da peça metálica, e a figura angulosa partiu-se em sua mão. Ainda meio atordoado, continuou segurando-a enquanto sua outra mão agarrava um espaço vazio na grade lisa.

Mas então seus ouvidos hipersensíveis captaram algo atrás dele, e Gilman olhou para trás sobre o terraço plano.

OS SONHOS NA CASA DA BRUXA

Aproximando-se dele suavemente, embora sem aparente furtividade, vinham cinco figuras, duas das quais eram a velha sinistra e o animalzinho peludo e dentuço. As outras três foram as que o deixaram inconsciente — pois eram entidades vivas de cerca de dois metros e meio de altura, com a forma precisa das imagens angulosas na balaustrada, que se propeliam com um ondear aracnídeo de seus braços inferiores em forma de estrela-do-mar.

Gilman despertou em sua cama, encharcado por um suor frio e com a uma sensação dolorosa no rosto, nas mãos e nos pés. Saltando para o chão, ele se lavou e se vestiu com pressa frenética, como se lhe fosse necessário sair da casa o mais rápido possível. Ele não sabia para onde desejava ir, mas sentia que mais uma vez teria de sacrificar suas aulas. A atração bizarra para o ponto no céu entre Hidra e Argo havia diminuído, mas outra ainda mais forte havia tomado seu lugar. Agora ele sentia que devia ir para o norte — infinitamente para o norte. Temia cruzar a ponte que dava vista para a ilha desolada no Miskatonic, então foi pela ponte da avenida Peabody. Tropeçou várias vezes, pois seus olhos e ouvidos estavam acorrentados a um ponto extremamente elevado no céu azul e vazio.

Depois de cerca de uma hora, ele conseguiu controlar-se melhor e viu que estava longe da cidade. Ao redor dele se estendia o vazio desolado dos pântanos salgados, enquanto a estrada estreita à sua frente levava a Innsmouth — a cidade antiga e quase deserta que os habitantes de Arkham recusavam-se tão curiosamente a visitar. Embora a atração para o norte não tivesse diminuído, ele resistiu-lhe como resistira à outra atração, e finalmente descobriu que podia quase equilibrar uma contra a outra. Depois de voltar pesadamente para a cidade e tomar café em uma lanchonete, arrastou-se até a biblioteca pública e folheou algumas revistas a esmo. Encontrou uma vez alguns amigos, que notaram como estava estranhamente queimado de sol, mas não lhes falou da caminhada. Às três horas, almoçou em um restaurante, notando enquanto isso que a atração tinha diminuído ou se dividido. Depois, matou tempo em um cinema barato, vendo o filme tolo mais de uma vez sem prestar atenção.

Por volta das nove da noite, tomou o caminho de volta e tropeçou para dentro da velha casa. Joe Mazurewicz lamuriava preces ininteligíveis, e Gilman subiu às pressas até seu próprio quarto de mansarda, sem parar para ver se Elwood estava. Foi quando ele acendeu a fraca luz elétrica que o choque veio. De imediato ele viu que havia algo sobre a mesa que não devia estar lá, e um segundo olhar eliminou qualquer dúvida. Deitada de lado — pois não podia ficar de pé sozinha — estava a exótica figura angulosa que em seu sonho monstruoso ele arrancara da fantástica balaustrada. Nenhum detalhe faltava. O centro estriado em forma de barril, os braços finos e radiais, os botões em cada extremidade e os braços chatos de estrela-do-mar, curvados levemente para fora, saindo desses botões — tudo estava lá. À luz elétrica, a cor parecia ser um tipo de cinza iridescente, nervado de verde, e Gilman pôde ver em meio ao seu horror e pasmo que um dos botões terminava em uma borda irregular que correspondia ao ponto em que estivera ligado à grade do seu sonho.

OS SONHOS NA CASA DA BRUXA

Apenas sua tendência a um estupor confuso o impediu de gritar. Essa fusão de sonho com realidade era demasiada para suportar. Ainda atordoado, ele agarrou a coisa angulosa e desceu cambaleando até os aposentos do zelador Dombrowski. As preces lamurientas do consertador de teares ainda ressoavam através dos corredores mofados, mas Gilman não se importava com elas agora. O zelador estava e o recebeu agradavelmente. Não, ele nunca tinha visto aquela coisa e não sabia nada a respeito dela. Mas sua mulher dissera que encontrara uma coisa engraçada feita de lata em um dos quartos que arrumara ao meio-dia, e talvez fosse aquilo. Dombrowski a chamou, e ela entrou, andando como um pato. Sim, a coisa era aquela. Ela a encontrara na cama do jovem cavalheiro — no lado próximo à parede. Parecera-lhe muito esquisita, mas, claro, o jovem cavalheiro tinha muitas coisas esquisitas em seu quarto — livros, curiosidades, desenhos e marcas em papéis. Ela certamente não sabia nada a respeito da coisa.

Então, Gilman voltou a subir a escada com a mente tumultuada, convencido de que ainda estava sonhando ou que seu sonambulismo havia chegado a extremos incríveis e o levara a depredar lugares desconhecidos. Onde ele havia conseguido aquela coisa bizarra? Não se lembrava de tê-la visto em nenhum museu de Arkham. Mas devia ter sido em algum lugar, e a visão dela enquanto a arrancava em seu sono devia ter causado a estranha imagem-sonho do terraço abalaustrado. No dia seguinte ele faria algumas investigações muito discretas — e talvez consultaria o neurologista.

Enquanto isso, tentaria investigar seu sonambulismo. Ao subir a escada e cruzar o corredor até a mansarda, espalhou pelo chão um pouco de farinha que emprestara — admitindo francamente seu propósito — do zelador. Havia parado na porta de Elwood no caminho, mas encontrara tudo escuro lá dentro. Ao entrar no seu quarto, colocou a coisa angulosa sobre a mesa e se deitou em completa exaustão mental e física, sem parar para se despir. Do sótão lacrado sobre o teto inclinado, pensou ouvir suaves arranhões e passos, mas estava desorientado demais até para se importar. A misteriosa atração para o norte estava ficando muito forte outra vez, embora agora parecesse vir de um lugar mais baixo no céu.

 Na fulgurante luz violeta do sonho, a velha e a coisa peluda e dentuça voltaram, e com uma nitidez maior que em qualquer ocasião anterior. Dessa vez eles realmente o alcançaram, e Gilman sentiu os dedos murchos da megera agarrando-o. Foi arrancado da cama e lançado para o espaço vazio, e por um momento ouviu um bramido rítmico e viu o amorfismo crepuscular dos abismos vagos fervilhando ao redor dele. Mas aquele momento foi muito breve, pois logo em seguida estava em um espaço pequeno, tosco e sem janelas, com vigas e tábuas ásperas formando um pico logo acima da sua cabeça e com um curioso piso inclinado. Alinhadas sobre esse chão havia estantes baixas repletas de livros de todos os graus de antiguidade e desintegração, e no centro havia uma mesa e um banco, ambos aparentemente fixados no lugar. Objetos pequenos e de forma e natureza indefinidas estavam dispostos em cima das estantes, e à flamejante luz violeta Gilman pensou ver um homólogo da imagem angulosa que o intrigara tão horrivelmente. À esquerda o piso despencava abruptamente, deixando um golfo negro e triangular do qual, após um breve chocalhar seco, prontamente emergiu a odiosa coisinha peluda com presas amarelas e rosto humano barbado.

A bruxa de sorriso maligno ainda o segurava, e depois da mesa encontrava-se uma figura que ele nunca vira antes — um homem alto e esguio de cor muito negra, mas sem o menor sinal de traços negroides, totalmente destituído de cabelos ou barba, e tendo como única vestimenta uma túnica disforme de algum tecido preto pesado. Seus pés eram indistinguíveis devido à mesa e ao banco, mas ele devia estar calçado, pois algo clicava sempre que ele mudava de posição. O homem não falava e não tinha sinal de expressão em suas feições pequenas e regulares. Ele meramente apontou para um livro de tamanho prodigioso que estava aberto sobre a mesa, enquanto a bruxa metia uma enorme pena cinzenta na mão direita de Gilman. Sobre tudo isso pairava um manto de medo intensamente enlouquecedor, e o clímax chegou quando a coisa peluda subiu pela roupa do sonhador até seus ombros, desceu pelo seu braço esquerdo e finalmente mordeu seu pulso com força, logo abaixo da manga. Enquanto o sangue jorrava da ferida, Gilman desmaiou.

Ele acordou na manhã do dia 22 com dor no pulso esquerdo e viu que sua manga estava marrom com o sangue seco. Suas lembranças eram muito confusas, mas a cena com o negro no espaço desconhecido destacava-se vivamente. Os ratos deviam tê-lo mordido enquanto dormia, ocasionando o clímax daquele sonho horrível. Ao abrir a porta, viu que a farinha no chão do corredor estava intacta, exceto pelas enormes pegadas do sujeito grosseiro instalado na outra ponta da mansarda. Então, ele não tivera um ataque de sonambulismo daquela vez. Mas algo precisava ser feito quanto àqueles ratos. Ele falaria com o zelador sobre eles. Mais uma vez tentou tapar o buraco na base da parede inclinada, introduzindo nele um castiçal que parecia do tamanho certo. Seus ouvidos zumbiam horrivelmente, como se com os ecos residuais de algum horrível barulho ouvido em sonho.

    Enquanto tomava banho e se trocava, tentou lembrar-se do que sonhara depois da cena no espaço violeta, mas nada definido se cristalizava em sua mente. A cena em si devia corresponder ao sótão lacrado acima dele, que havia começado a atacar sua imaginação tão violentamente, mas as impressões posteriores eram pálidas e nebulosas. Havia indícios dos vagos abismos crepusculares e de abismos ainda mais vastos e negros depois deles — abismos em que todos os sinais de formas fixas estavam ausentes. Ele havia sido levado lá pelos aglomerados de bolhas e o pequeno poliedro que sempre o seguiam; mas eles, como ele próprio, haviam-se transformado em tufos de névoa leitosa e pouco luminosa nesse vácuo mais distante de suprema negrura. Algo mais havia-se movido adiante — um tufo maior que às vezes se condensava em aproximações indefinidas de forma —, e ele pensou que o avanço deles não se havia dado em linha reta, mas sim ao longo de estranhas curvas e espirais de algum vórtice etéreo que obedecia leis estranhas à física e à matemática de qualquer cosmos concebível. Finalmente, houve um indício de sombras vastas e saltitantes, de uma pulsação semiacústica monstruosa e do sopro fino e monótono de uma flauta invisível — mas isso foi tudo. Gilman concluiu que havia tirado essa última noção do que lera no *Necronomicon* sobre a entidade irracional Azathoth, que comanda todo o tempo e espaço de um trono negro curiosamente ambientado no centro do Caos.

    Quando o sangue foi lavado, a ferida no pulso se mostrou muito leve, e Gilman intrigou-se com o local dos dois pequenos furos. Ocorreu-lhe que não havia sangue na colcha sobre a qual havia deitado — o que era muito curioso, em vista da quantidade em sua pele e manga. Ele teria sonambulado dentro do quarto, e o rato o teria mordido enquanto estava sentado em uma cadeira ou parado em uma posição menos racional? Procurou em cada canto gotas ou manchas amarronzadas, mas não encontrou nenhuma. Era melhor, pensou ele, espalhar farinha dentro do quarto, assim como fora — apesar de que, afinal, não fossem necessárias mais provas de seu sonambulismo. Ele sabia que sonambulava — e a questão agora era parar. Ele precisava pedir ajuda a Frank Elwood. Naquela manhã as estranhas atrações do espaço pareciam menores, embora tivessem sido substituídas por outra sensação ainda mais inexplicável. Era um impulso vago e insistente de voar para longe de sua atual situação, mas sem nenhuma pista da direção específica em que desejava voar. Ao erguer a estranha imagem angulosa da mesa, achou que a atração para o norte, mais antiga, tornara-se um pouco mais forte; mas, mesmo assim, foi totalmente superada pela ânsia mais nova e desconcertante.

    Ele levou a imagem angulosa até o quarto de Elwood, armando-se contra os lamentos do consertador de teares, que subiam do andar térreo. Elwood estava lá, graças aos céus, e parecia atarefado. Havia tempo para conversar um pouco antes de sair para o café da manhã e a faculdade, então Gilman apressou-se em relatar seus sonhos e medos recentes. Seu anfitrião foi muito compreensivo e concordou que algo precisava ser feito. Ficou chocado com o aspecto abatido e exausto do visitante e notou o estranho e anormal bronzeado no qual outros haviam reparado durante a última semana. Mas não havia muito que ele pudesse dizer. Não vira Gilman em nenhuma expedição sonâmbula e não fazia ideia do que a curiosa imagem poderia ser. No entanto, tinha ouvido o franco-canadense que morava logo abaixo de Gilman conversar com Mazurewicz certa noite. Eles falavam do quanto temiam a chegada da Noite de Walpurgis, que aconteceria em poucos dias, e trocavam comentários compadecidos sobre o pobre e malfadado jovem cavalheiro. Desrochers, o sujeito que morava sob o quarto de Gilman, falara de passos noturnos tanto calçados quanto descalços. e da luz violeta que ele vira certa noite, quando se aproximara temerosamente para espiar pela fechadura de Gilman. Ele não ousara espiar, disse a Mazurewicz, depois que viu aquela luz filtrando-se pelas frestas ao redor da porta. Também ouvira conversas baixas — e, quando começou a descrevê-las, sua voz baixou para um sussurro inaudível.

Elwood não imaginava o que levara aquelas criaturas supersticiosas a mexericar, mas supunha que a imaginação delas havia sido atiçada pelos hábitos noturnos e o sonambulismo e solilóquio de Gilman, por um lado, e a proximidade da tradicionalmente temida Noite de Walpurgis, por outro. Que Gilman falava dormindo era claro, e obviamente era das escutas pela fechadura de Desrochers que a noção ilusiva da luz violeta havia brotado. Aquelas pessoas simples não tardavam a imaginar ter visto qualquer coisa bizarra de que ouviram falar. Quanto a um plano de ação — era melhor Gilman se mudar para o quarto de Elwood e evitar dormir sozinho. Elwood, se acordado, o despertaria sempre que ele começasse a falar ou se erguer enquanto dormia. Além disso, devia muito em breve consultar o neurologista. Enquanto isso, eles levariam a imagem angulosa aos vários museus e a certos professores, buscando identificá-la e declarando que fora encontrada em uma lata de lixo pública. Ademais, Dombrowski devia cuidar de envenenar os ratos nas paredes.

Amparado pelo companheirismo de Elwood, Gilman assistiu às aulas naquele dia. Estranhos impulsos ainda o perturbavam, mas conseguia driblá-los com sucesso considerável. Durante um período livre, mostrou a estranha imagem para vários professores, todos os quais ficaram intensamente interessados, embora nenhum pudesse lançar nenhuma luz sobre sua natureza ou origem. Naquela noite, dormiu em um sofá que Elwood pedira para o zelador levar para seu quarto, no segundo andar, e pela primeira vez em semanas viu-se totalmente livre de sonhos inquietantes. Mas a sensação febril persistia, e os lamentos do consertador de teares eram uma influência enervante.

Durante os dias seguintes, Gilman gozou de imunidade quase perfeita a manifestações mórbidas. Elwood disse que ele não mostrara nenhuma tendência a falar ou levantar durante o sono e, enquanto isso, o zelador aplicava veneno de rato por toda parte. O único elemento perturbador era o falatório entre os estrangeiros supersticiosos, cujas imaginações se haviam tornado extremamente exaltadas. Mazurewicz estava sempre tentando fazer Gilman obter um crucifixo, e finalmente empurrou-lhe um que, segundo ele, fora abençoado pelo bom padre Iwanicki. Desrochers também tinha algo a dizer — de fato, insistiu que ouvira passos cautelosos no quarto sobre o dele, agora vago, na primeira e na segunda noites após a saída de Gilman. Paul Choynski pensou ter ouvido sons nos corredores e escadas à noite e afirmou que alguém havia tentado suavemente abrir sua porta, enquanto a Sra. Dombrowski jurou ter visto Joãozinho Marrom pela primeira vez desde o Dia de Todos-os-Santos. Mas tais relatos ingênuos significavam muito pouco, e Gilman deixou o crucifixo de metal barato pendurado languidamente em um puxador do guarda-roupa do seu anfitrião.

Por três dias, Gilman e Elwood percorreram os museus da cidade no esforço de identificar a estranha imagem angulosa, mas sempre sem sucesso. Em todos os lugares, entretanto, o interesse era intenso, pois a completa estranheza da coisa era um tremendo desafio para a curiosidade científica. Um dos pequenos braços radiais foi quebrado e submetido a análise química, e o resultado ainda é comentado em círculos universitários. O professor Ellery encontrou platina, ferro e telúrio na estranha liga; mas misturados a esses havia pelos menos três outros aparentes elementos de elevado peso atômico que a química era absolutamente incapaz de classificar. Não apenas não correspondiam a nenhum elemento conhecido como nem sequer cabiam nos lugares vagos reservados para prováveis elementos na tabela periódica. O mistério continua sem solução até hoje, embora a imagem esteja em exibição no museu da Universidade Miskatonic.

Na manhã de 27 de abril, uma nova toca de rato apareceu no quarto onde Gilman estava hospedado, mas Dombrowski a fechou com latão durante o dia. O veneno não estava surtindo muito efeito, pois os arranhões e pegadas nas paredes praticamente não haviam diminuído. Elwood demorou a chegar naquela noite, e Gilman esperou por ele. Não queria dormir sozinho no quarto — principalmente porque achava ter vislumbrado na penumbra da noite a repelente velha cuja imagem se transferira tão horrivelmente para seus sonhos. Ele se perguntava quem era e o que estivera ao lado dela sacudindo a lata sobre um monte de lixo, na entrada de um pátio esquálido. A megera parecia tê-lo notado e olhado malignamente — embora talvez isso fosse apenas sua imaginação.

No dia seguinte, os dois jovens se sentiam muito cansados e sabiam que iam dormir como pedras quando a noite chegasse. À noitinha, discutiram sonolentamente os estudos matemáticos que haviam absorvido Gilman de modo tão completo e talvez prejudicial, e especularam sobre a ligação entre magia antiga e folclore, que parecia tão sombriamente provável. Falaram sobre a velha Keziah Mason, e Elwood concordou que Gilman tinha uma boa base científica para achar que ela havia esbarrado com informações estranhas e significativas. Os cultos secretos aos quais essas bruxas pertenciam muitas vezes guardavam e transmitiam segredos surpreendentes de eras antigas e esquecidas, não sendo de modo algum impossível que Keziah houvesse de fato dominado a arte de passar por portões dimensionais. A tradição enfatiza a inutilidade de barreiras materiais para deter os movimentos de uma bruxa, e quem poderá dizer o que está por trás das antigas fábulas sobre viagens em vassouras voadoras pela noite?

Se um estudante moderno podia adquirir poderes semelhantes por meio apenas da pesquisa matemática, ainda estava para ser visto. O sucesso, acrescentou Gilman, podia levar a situações perigosas e impensáveis, pois quem poderia prever as condições que permeiam uma dimensão adjacente, mas normalmente inacessível? Por outro lado, as possibilidades pitorescas eram enormes. O tempo podia não existir em certos cinturões do espaço e, ao entrar e permanecer em um desses cinturões, alguém poderia conservar sua vida e idade indefinidamente, nunca sofrendo deterioração orgânica ou metabólica, exceto por pequenos graus incorridos durante visitas a seu próprio plano ou a planos semelhantes. Era possível, por exemplo, passar para uma dimensão atemporal e emergir em algum período remoto da história da Terra tão jovem como antes.

Se alguém já havia logrado fazer isso, era difícil conjecturar com algum grau de autoridade. Velhas lendas são nebulosas e ambíguas, e em épocas históricas todas as tentativas de cruzar espaços proibidos parecem complicadas por alianças estranhas e terríveis com seres e mensageiros de fora. Havia a figura imemorial do delegado ou mensageiro de poderes ocultos ou terríveis — o "Negro" do culto das bruxas e o "Nyarlathotep" do

OS SONHOS NA CASA DA BRUXA

Necronomicon. Havia também o problema intrigante dos mensageiros inferiores ou intermediários — os quase animais ou estranhos híbridos que as lendas descrevem como assistentes das bruxas. Quando Gilman e Elwood se recolheram, sonolentos demais para continuar debatendo, ouviram Joe Mazurewicz entrar na casa aos tropeços, meio bêbado, e estremeceram ante o desespero selvagem de suas preces lamuriosas.

Naquela noite Gilman viu a luz violeta novamente. Em seu sonho, ouvira algo arranhando e roendo dentro dos tabiques e achara que alguém mexia desajeitadamente na tranca. Então, viu a velha e a coisinha peluda avançando em sua direção sobre o chão acarpetado. O rosto da bruxa brilhava com uma exultação inumana, e o pequeno ser mórbido de dentes amarelos guinchava zombeteiramente enquanto apontava para Elwood, que dormia um sono pesado no sofá do outro lado do quarto. Um medo paralisante sufocou qualquer tentativa de gritar. Como da outra vez, a hedionda megera agarrou Gilman pelos ombros, arrancando-o da cama e lançando-o no espaço vazio. Mais uma vez, a infinitude dos estridentes abismos crepusculares passou por ele como um raio, mas no segundo seguinte ele pensou estar em um beco desconhecido, escuro e lamacento, de odores fétidos, com as paredes putrefatas de velhas casas assomando em todas as direções.

Adiante estava o negro de túnica que ele vira no espaço pontiagudo do outro sonho, enquanto de uma distância menor a velha acenava e fazia caretas imperiosamente. Joãozinho Marrom se esfregava com uma espécie de humor brincalhão e afetuoso nos tornozelos do negro, que a lama funda em grande parte escondia. Havia uma porta escura aberta à direita, para a qual o negro apontava silenciosamente. Para ela, a megera fazendo caretas se dirigiu, arrastando Gilman pela manga do pijama. Havia escadas malcheirosas que rangiam ominosamente e nas quais a velha parecia radiar uma pálida luz violeta, e finalmente uma porta levou a um patamar. A megera remexeu na tranca e empurrou a porta, fazendo sinal para Gilman esperar e desaparecendo na abertura negra.

Os ouvidos hipersensíveis do jovem captaram um grito hediondo e abafado, e logo a bruxa saiu da sala trazendo uma forma pequena e inerte que empurrou para o sonhador, como que ordenando que ele a carregasse. A visão daquela forma e a expressão em seu rosto quebraram o encanto. Ainda atordoado demais para gritar, ele se lançou temerariamente da escada fétida e caiu na lama do lado de fora, parando apenas quando capturado e sufocado pelo negro que o esperava. Enquanto a consciência o deixava, ele ouviu o guincho distante e estridente da anormalidade dentuça e semelhante a um rato.

Na manhã do dia 29, Gilman despertou em um turbilhão de horror. No instante em que abriu os olhos, soube que algo estava terrivelmente errado, pois estava de volta ao antigo quarto na mansarda, com a parede e o teto inclinados, estendido na cama agora desarrumada. Sua garganta doía inexplicavelmente e, enquanto se esforçava para se sentar, viu com pavor crescente que seus pés e as barras do pijama estavam marrons de lama endurecida. Suas lembranças ainda eram irremediavelmente nebulosas, mas pelo menos sabia que devia ter estado sonambulando. Elwood havia mergulhado em um sono pesado demais para ouvi-lo e detê-lo. No chão havia confusas pegadas enlameadas, mas estranhamente não chegavam até a porta. Quanto mais Gilman as olhava, mais peculiares lhe pareciam, pois, além das que podia reconhecer como suas, havia marcas menores, quase redondas — como as que as pernas de uma cadeira grande ou mesa poderiam fazer, exceto que a maioria delas tendia a se dividir em metades. Havia também alguns curiosos rastros lamacentos de rato saindo de uma toca nova e entrando nela de novo. Perplexidade total e medo da loucura atormentaram Gilman quando cambaleou até a porta e não viu nenhuma pegada lamacenta do lado de fora. Quanto mais recordava seu sonho hediondo, mais aterrorizado se sentia, e aumentava seu desespero ouvir Joe Mazurewicz entoando preces pesarosamente dois pisos abaixo.

Descendo ao quarto de Elwood, despertou seu anfitrião ainda adormecido e começou a lhe contar como havia acordado, mas Elwood não conseguiu formar nenhuma ideia do que realmente podia ter acontecido. Onde Gilman podia ter estado, como ele voltou para seu quarto sem deixar rastros no corredor e como as pegadas lamacentas e similares a móveis foram misturar-se às dele no quarto da mansarda era totalmente indecifrável. E, além disso, havia marcas escuras e lívidas em seu pescoço, como se ele tivesse tentado estrangular-se. Levou as mãos às marcas, mas descobriu que não correspondiam às marcas nem aproximadamente. Enquanto conversavam, Desrochers passou para dizer que tinha ouvido um barulho tremendo no andar de cima durante a madrugada. Não, ninguém havia estado na escada depois da meia-noite — embora pouco antes da meia-noite ele tivesse ouvido passadas leves na mansarda e passos que desciam cautelosamente e de que ele não gostara. Era uma época do ano muito ruim para Arkham, ele acrescentou. Era melhor o jovem cavalheiro usar o crucifixo que Joe Mazurewicz lhe dera. Até de dia não era seguro, pois após o amanhecer sons estranhos foram ouvidos na casa — especialmente um gemido fraco e infantil, logo sufocado.

Gilman assistiu às aulas de maneira mecânica naquela manhã, mas foi totalmente incapaz de fixar a mente nos estudos. Apreensão e expectativa hediondas se haviam apoderado dele, e ele parecia aguardar a vinda de algum golpe aniquilador. Ao meio-dia almoçou na cantina da universidade e apanhou um jornal do assento vizinho enquanto esperava a sobremesa. Mas não chegou a comê-la, porque uma manchete na primeira página o deixou fraco, aterrorizado e capaz apenas de pagar a conta e cambalear de volta para o quarto de Elwood.

Acontecera um estranho sequestro na noite anterior na Passagem de Orne, e o filho de dois anos de uma obtusa lavadeira chamada Anastasia Wolejko havia sumido completamente de vista. Parecia que a mãe receava o evento havia algum tempo, mas as razões que atribuiu para seu medo eram tão grotescas que ninguém as levou a sério. Ela disse ter visto Joãozinho Marrom vez por outra na lavanderia, desde o começo de março, e soube por suas caretas e guinchos que o pequeno Ladislas devia estar marcado para sacrifício no terrível Sabá da Noite de Walpurgis. Ela pediu à sua vizinha, Mary Czanek, que dormisse no seu quarto e tentasse proteger a criança, mas Mary não havia ousado. Não pôde contar à polícia, pois eles nunca acreditavam em tais coisas. Crianças eram levadas daquela forma todos os anos desde que ela podia se lembrar. E seu amigo Pete Stowacki não a ajudou porque queria livrar-se da criança, de qualquer jeito.

Mas o que fez Gilman suar frio foi o relato de dois farristas que passaram pela entrada da passagem logo depois da meia-noite. Eles admitiram que estavam bêbados, mas ambos juraram ter visto um trio com roupas malucas entrar furtivamente pelo corredor escuro. Segundo eles, eram um enorme negro de túnica, uma velhinha esfarrapada e um moço branco de pijama. A velha arrastava o jovem, enquanto ao redor dos pés do negro um rato domesticado se esfregava e se contorcia na lama marrom.

Gilman passou a tarde atordoado, e Elwood — que nesse ínterim vira os jornais e formara terríveis conjecturas a partir deles — encontrou-o assim quando voltou para casa. Dessa vez nenhum dos jovens pôde duvidar que algo horrivelmente sério estava fechando-se ao redor deles. Entre os fantasmas do pesadelo e as realidades do mundo objetivo, uma relação monstruosa e impensável se cristalizava, e apenas uma vigilância extraordinária poderia evitar acontecimentos ainda mais tenebrosos. Gilman devia ver um neurologista cedo ou tarde, mas não naquele momento, quando todos os jornais estavam repletos daquele assunto do sequestro.

O que de fato havia acontecido era enlouquecedoramente obscuro, e por um momento Gilman e Elwood trocaram aos sussurros as mais tresloucadas teorias. Gilman teria inconscientemente triunfado mais do que sabia em seus estudos do espaço e suas dimensões? Teria de fato saído de nossa esfera e chegado a pontos imprevisíveis e inimagináveis? Onde ele havia estado — se é que havia estado — naquelas noites de ausência demoníaca? Os abismos crepusculares e rumorejantes — a encosta verde — o terraço escaldante — as atrações das estrelas — o supremo vórtice negro — o homem negro — o beco lamacento e a escada — a velha bruxa e o horror dentuço e peludo — o aglomerado de bolhas e o pequeno poliedro — o bronzeado estranho — a ferida no pulso — a imagem inexplicada — os pés enlameados — as marcas na garganta — as histórias e temores dos estrangeiros supersticiosos — o que tudo isso significava? Até que ponto as leis da sanidade podiam aplicar-se a tal caso?

Nenhum dos dois conseguiu dormir naquela noite, mas no dia seguinte ambos faltaram às aulas e cochilaram. Era 30 de abril, e o anoitecer traria a diabólica hora do Sabá, que todos os estrangeiros e os velhos supersticiosos temiam. Mazurewicz chegou a casa às seis horas e contou que o pessoal da fábrica estava dizendo que os festejos de Walpurgis aconteceriam na ravina escura depois do Monte Meadow, onde a velha pedra branca ergue-se em um lugar estranhamente destituído de qualquer vida vegetal. Alguns até haviam falado com a polícia e aconselhado a procurar lá a criança desaparecida, mas não achavam que algo seria feito. Joe insistiu para que o pobre jovem cavalheiro usasse seu crucifixo com corrente de níquel, e Gilman o colocou e pendurou por baixo da camisa para lhe fazer a vontade.

Tarde da noite, os dois jovens cochilavam em suas cadeiras, embalados pela reza rítmica do consertador de teares no piso abaixo. Gilman ouvia enquanto cabeceava, sua audição sobrenaturalmente aguçada parecendo querer ouvir algum murmúrio sutil e temível para além dos barulhos na velha casa. Recordações perniciosas de coisas do *Necronomicon* e do Livro Negro assomaram, e ele viu-se gingando aos ritmos infames que pertenceriam às cerimônias mais macabras do Sabá e que teriam origem fora do tempo e espaço como os compreendemos.

Logo ele entendeu o que estava buscando ouvir — o cântico diabólico dos celebrantes no vale negro distante. Como sabia tanto o que eles esperavam? Como sabia a hora em que Nahab e seu acólito deviam levar o vaso transbordante que seguiria o galo preto e o bode preto? Ele viu que Elwood havia caído no sono e tentou chamá-lo e acordá-lo. No entanto, algo fechou sua garganta. Ele não era seu próprio mestre. Ele assinara o livro do negro, afinal?

Então sua audição febril e anormal captou as notas distantes trazidas pelo vento. Sobre milhas de morros e campos e becos elas vinham, mas ele as reconheceu assim mesmo. Os fogos deviam estar acesos e os dançarinos deviam estar começando. Como podia impedir a si mesmo de ir? O que o havia enredado? Matemática — folclore — a casa — a velha Keziah — Joãozinho Marrom... e então ele viu que havia uma nova toca de rato na parede perto do seu sofá. Acima dos cânticos distantes e das preces próximas de Joe Mazurewicz chegou outro som — um arranhar sorrateiro e determinado nos tabiques. Ele torceu para que as luzes elétricas não se apagassem. Então viu o pequeno rosto barbado e dentuço na toca de rato — o amaldiçoado pequeno rosto que enfim ele percebeu ter uma semelhança chocante e irônica com o de Keziah — e ouviu o débil rumor de alguém mexendo na tranca da porta.

Os abismos crepusculares rumorejantes abriram-se diante dele, e ele se sentiu impotente no abraço informe do aglomerado iridescente de bolhas. Adiante corria o pequeno poliedro caleidoscópico, e por todo o vácuo turbilhonante havia uma elevação e aceleração do vago padrão tonal que parecia prenunciar algum clímax indizível e insuportável. Ele parecia saber o que estava por vir — a explosão monstruosa do ritmo de Walpurgis, em cujo timbre cósmico estariam concentradas todas as ebulições primitivas e supremas do espaço-tempo, que estão por trás das esferas agrupadas da matéria, e às vezes avançam em reverberações calculadas que penetram levemente cada camada de entidade e dão um terrível significado através dos mundos a certos períodos temidos.

Mas tudo isso desapareceu em um segundo. Gilman estava novamente no espaço apertado e pontiagudo de luz violeta com o piso inclinado, as estantes baixas com livros antigos, o banco e a mesa, os objetos estranhos e o golfo triangular a um lado. Sobre a mesa jazia uma pequena figura branca — um menino despido e inconsciente —, enquanto do outro lado estava a velha lasciva e monstruosa, com uma faca brilhante de cabo grotesco na mão direita e na esquerda um vaso de metal claro e proporções estranhas, coberto com desenhos curiosamente gravados e com delicadas alças laterais. Ela entoava algum cântico ritual em uma língua que Gilman não conseguia entender, mas que parecia algo reservadamente citado no *Necronomicon*.

OS SONHOS NA CASA DA BRUXA

Quando a cena tornou-se mais clara, ele viu a velha megera curvar-se e estender o vaso vazio até o outro lado da mesa — e, incapaz de controlar seus próprios movimentos, ele se inclinou e o pegou com as duas mãos, notando sua leveza ao fazê-lo. No mesmo momento, a repulsiva forma de Joãozinho Marrom subiu pela borda do golfo triangular à sua esquerda. A bruxa agora lhe fazia sinal para segurar o vaso em uma certa posição enquanto erguia a faca enorme e grotesca sobre a pequena vítima branca o mais alto que sua mão direita podia alcançar. A coisa peluda e dentuça começou a guinchar uma continuação do estranho cântico ritual, enquanto a bruxa esganiçava respostas abomináveis. Gilman sentiu uma repulsa pungente e cortante penetrar sua paralisia mental e emocional, e o leve vaso de metal tremeu em suas mãos. Um segundo depois, o movimento descendente da faca quebrou o encanto por completo, e ele soltou o vaso com um clangor ressoante de sino enquanto suas mãos avançavam freneticamente para deter o ato monstruoso.

Em um instante, ele percorreu o piso inclinado ao redor da mesa e arrancou a faca das garras da velha, lançando-a no fundo do golfo triangular com um retinir. No instante seguinte, contudo, a situação se inverteu, pois as garras assassinas se fecharam firmemente ao redor do seu pescoço, enquanto o rosto enrugado se contorcia com fúria insana. Ele sentiu a corrente do crucifixo barato se cravar no seu pescoço e, em seu desespero, pensou como a visão daquele objeto afetaria a maligna criatura. Sua força era totalmente sobre-humana, mas, enquanto ela continuava a sufocá-lo, ele meteu a mão debilmente na camisa e tirou o símbolo de metal, rompendo a corrente e desvelando-o.

Ao ver o artefato, a bruxa pareceu apavorar-se, e seu aperto relaxou por tempo suficiente para que Gilman o desfizesse por completo. Ele arrancou as garras afiadas do seu pescoço, e teria arrastado a bruxa e a teria jogado no golfo se as garras não houvessem recebido uma nova cota de força, fechado-se de novo. Dessa vez, ele decidiu responder à altura, e suas próprias mãos avançaram para a garganta da criatura. Antes que ela percebesse, ele torceu a corrente do crucifixo ao redor do pescoço dela, e um momento depois a apertou o suficiente para impedi-la de respirar. Durante a luta final da velha, ele sentiu algo morder seu tornozelo, e viu que Joãozinho Marrom tinha vindo em auxílio dela. Com um chute violento, ele mandou o ser mórbido para dentro do golfo e o ouviu gemer em algum nível muito abaixo.

Se matara a velha megera, ele não sabia, mas deixou-a estendida no chão onde havia caído. Então, ao virar as costas, viu sobre a mesa uma cena que quase rompeu o último fio de sua razão. Joãozinho Marrom, com tendões fortes e quatro mãozinhas de destreza demoníaca, agira enquanto a bruxa tentava estrangulá-lo, e os esforços de Gilman haviam sido em vão. O que ele evitara que a faca fizesse ao peito da vítima, as presas amarelas do ser peludo e blasfemo haviam feito ao pulso — e o vaso antes caído no chão estava cheio ao lado do pequeno corpo sem vida.

Em seu delírio onírico, Gilman ouviu o cântico demoníaco e estranhamente ritmado do Sabá chegando de uma distância infinita, e soube que o negro devia estar lá. Lembranças confusas se misturavam com a matemática, e ele acreditava que sua mente subconsciente continha

OS SONHOS NA CASA DA BRUXA

os ângulos de que ele precisava para guiá-lo de volta ao mundo normal — sozinho e sem ajuda pela primeira vez. Ele estava certo de se encontrar no sótão imemorialmente lacrado sobre seu próprio quarto, mas, se conseguiria escapar através do piso inclinado ou da saída havia tanto tempo fechada, ele duvidava muito. Além disso, uma fuga de um sótão onírico não o levaria meramente a uma casa onírica — uma projeção anormal do lugar real que ele buscava? Ele estava totalmente desnorteado com a relação entre sonho e realidade em todas as suas experiências.

A passagem através dos abismos vagos seria assustadora, pois o ritmo de Walpurgis estaria vibrando, e enfim ele teria de ouvir o até então velado pulsar cósmico que temia tão mortalmente. Mesmo então ele podia detectar um tremor baixo e monstruoso, cujo tempo ele antevia demasiado bem. Na época do Sabá, ele sempre aumentava e alcançava os mundos para convocar os iniciados a ritos inomináveis. Metade dos cânticos do Sabá eram moldados a partir desse pulsar fracamente percebido, que nenhum ouvido terreno suportaria em sua plenitude espacial desvelada. Gilman também se perguntava se poderia confiar em seu instinto para levá-lo de volta ao lugar certo do espaço. Como poderia ter certeza de que não pousaria na encosta esverdeada de um planeta distante, no terraço abalaustrado sobre a cidade de monstros tentaculados em algum lugar além da galáxia, ou nos negros vórtices espiralados daquele supremo vácuo do Caos onde reina Azathoth, o irracional sultão-demônio?

Pouco antes de ele mergulhar, a luz violeta se apagou e o deixou em completa escuridão. A bruxa — a velha Keziah

— Nahab — aquilo devia ter significado a morte dela. E, mesclado ao cântico distante do Sabá e aos gemidos de Joãozinho Marrom no golfo lá embaixo, ele pensou ouvir outro lamento mais bárbaro de profundezas ignoradas. Joe Mazurewicz — as preces contra o Caos Rastejante agora se transformando em um grito inexplicavelmente triunfante — mundos de realidade sardônica colidindo com vórtices de sonho febril — Iä! Shub-Niggurath! A Cabra com Mil Crias ...

Encontraram Gilman no chão, em seu antigo quarto de mansarda, bem antes do alvorecer, pois o grito terrível havia atraído Desrochers e Choynski e Dombrowski e Mazurewicz imediatamente, e havia até despertado Elwood, que dormia um sono profundo em sua cadeira. Gilman estava vivo, e de olhos abertos e fixos, mas parecia em grande medida inconsciente. Em sua garganta havia marcas de mãos assassinas e, em seu tornozelo esquerdo, uma perturbadora mordida de rato. Sua roupa estava toda amarrotada, e o crucifixo de Joe, desaparecido. Elwood tremia, receando até mesmo especular que nova forma o sonambulismo do seu amigo assumira. Mazurewicz parecia meio atordoado devido a um "sinal" que disse ter tido em resposta a suas preces, e se persignou freneticamente quando o guincho e o gemido de um rato soaram atrás do tabique inclinado.

Quando o sonhador estava instalado em seu sofá no quarto de Elwood, eles chamaram o doutor Malkowski — um médico da cidade que não repetiria histórias onde poderiam mostrar-se embaraçosas —, e ele deu a Gilman duas injeções hipodérmicas que o relaxaram e causaram algo como uma sonolência natural. Durante

OS SONHOS NA CASA DA BRUXA

o dia, o paciente recobrou a consciência algumas vezes e sussurrou seu sonho mais recente desconexamente para Elwood. Era um processo dolorido, e de partida revelou um fato novo e desconcertante.

Gilman — cujos ouvidos ultimamente haviam possuído uma sensibilidade tão anormal — agora estava surdo. O doutor Malkowski, chamado outra vez com urgência, disse a Elwood que ambos os tímpanos haviam-se rompido, como que pelo impacto de algum som estupendo, de intensidade além de qualquer concepção ou resistência humanas. Como tal som poderia ter sido ouvido nas últimas horas sem acordar todo o vale do Miskatonic ia além do que o honesto médico poderia responder.

Elwood escreveu sua parte da conversa em papel, para que uma comunicação razoavelmente fácil se mantivesse. Nenhum deles sabia como interpretar todo aquele enredo caótico, e ficou decidido que seria melhor se pensassem o mínimo possível a respeito. No entanto, ambos concordaram que deviam deixar aquela casa velha e amaldiçoada tão logo possível. Os jornais da noite relataram uma batida policial feita em uma curiosa festividade, em uma ravina depois do Monte Meadow, pouco antes do amanhecer, e mencionaram que uma pedra branca do local era objeto de uma antiga superstição. Ninguém fora preso, mas entre os fugitivos que se espalharam foi visto um enorme negro. Outra coluna informava que nenhum vestígio da criança desaparecida, Ladislas Wolejko, havia sido encontrado.

O horror culminante veio naquela mesma noite. Elwood jamais o esqueceria e foi forçado a se afastar da faculdade pelo resto do período letivo devido ao colapso nervoso resultante. Ele pensou ter ouvido ratos nos tabiques a noite toda, mas não prestou muita atenção. Então, muito depois que ele e Gilman se haviam recolhido, os gritos atrozes começaram. Elwood deu um salto, acendeu as luzes e correu para o sofá do seu hóspede. O ocupante emitia sons de natureza verdadeiramente inumana, como se afligido por algum tomento indescritível. Ele se contorcia sob os lençóis, e uma grande mancha vermelha começava a aparecer nas cobertas.

Elwood mal ousava tocá-lo, mas gradualmente os gritos e as contorções diminuíram. A essa altura, Dombrowski, Choynski, Desrochers, Mazurewicz e o inquilino do último andar estavam todos amontoados na porta, e o zelador havia mandado sua mulher ligar de novo para o doutor Malkowski. Todos gritaram quando uma forma parecida com a de um rato grande saltou subitamente de sob os lençóis ensanguentados e correu pelo chão até uma nova toca aberta perto dali. Quando o médico chegou e começou a baixar as horríveis cobertas, Walter Gilman estava morto.

Seria bárbaro fazer algo mais do que sugerir o que matara Gilman. Havia virtualmente um túnel através do seu corpo — algo o havia comido até tirar seu coração. Dombrowski, desesperado com o fracasso de seus constantes esforços para envenenar os ratos, deixou de lado todas as preocupações com seu contrato e, em uma semana, mudou-se com todos os seus inquilinos mais antigos para uma casa sombria, porém menos antiga, na rua Walnut. O pior por algum tempo foi manter Joe Mazurewicz quieto, pois o taciturno consertador de teares nunca ficava sóbrio, e se lamuriava e resmungava constantemente sobre coisas terríveis e espectrais.

OS SONHOS NA CASA DA BRUXA

Parece que naquela última e tenebrosa noite, Joe parara para olhar as pegadas rubras de ratos que levavam do sofá de Gilman à toca próxima. No carpete eram muito indistintas, mas um trecho descoberto do assoalho interpunha-se entre a borda do carpete e o rodapé. Lá Mazurewicz encontrara algo monstruoso — ou pensou ter encontrado, pois ninguém concordou com ele, apesar da inegável estranheza das pegadas. Os rastros no piso certamente eram muito diferentes das pegadas normais de um rato, mas nem mesmo Choynski e Desrochers admitiram que pareciam as marcas de quatro minúsculas mãos humanas.

A casa nunca voltou a ser alugada. Assim que Dombrowski partiu, o manto de sua derradeira desolação começou a descer sobre ela, pois as pessoas a evitavam tanto por sua antiga reputação como por seu novo odor fétido. Talvez o veneno de rato do antigo zelador houvesse funcionado, afinal, pois pouco tempo depois de sua partida o lugar se tornou um incômodo para o bairro. Fiscais sanitários rastrearam o cheiro até os espaços fechados acima e ao lado do quarto direito da mansarda e concordaram que o número de ratos mortos devia ser enorme. Decidiram, contudo, que não valia a pena abrir e desinfetar os espaços havia tanto tempo lacrados, pois o fedor logo passaria e o local não era do tipo que encorajava padrões rigorosos. De fato, sempre houve vagas histórias locais sobre fedores inexplicáveis no andar superior da Casa da Bruxa logo após a Noite de Walpurgis e o Dia de Todos os Santos. Os vizinhos suportaram a contragosto, por inércia — mas, não obstante, a fetidez criou uma acusação adicional contra o lugar. Perto do final, a casa foi condenada pelo inspetor civil.

Os sonhos de Gilman e as circunstâncias relacionadas a eles nunca foram explicados. Elwood, cujos pensamentos sobre todo o episódio são às vezes quase enlouquecedores, voltou à faculdade no outono seguinte a se formou em junho. Achou que o falatório sobrenatural da cidade havia diminuído muito, e realmente era fato que — apesar de certos relatos sobre guinchos fantasmagóricos na casa deserta que duraram quase tanto quanto o próprio edifício — nenhuma nova aparição da velha Keziah ou de Joãozinho Marrom fora relatada desde a morte de Gilman. Era uma grande sorte Elwood não ter estado em Arkham naquele último ano, quando certos eventos renovaram abruptamente os rumores locais sobre horrores antigos. Naturalmente, ele soube da questão mais tarde e sofreu tormentos inauditos com suas especulações sombrias e confusas, mas mesmo isso não foi tão ruim quanto a proximidade real e várias visões possíveis teriam sido.

Em março de 1931, um vendaval destruiu o telhado e a grande chaminé da vazia Casa da Bruxa, de modo que um caos de tijolos despedaçados, telhas escurecidas e cobertas de musgo e tábuas e vigas podres despencou no sótão e arrombou seu piso. Todo o andar da mansarda entupiu-se com escombros, mas ninguém se deu ao trabalho de tocar a sujeira antes da inevitável demolição daquela estrutura decrépita. Esse último passo foi dado em dezembro seguinte, e foi quando o antigo quarto de Gilman foi limpando por mulheres relutantes e apreensivas que o mexerico começou.

Entre os destroços que tinham caído pelo antigo teto inclinado havia várias coisas que fizeram as trabalhadoras pararem e chamarem a polícia. Depois a polícia, por sua vez, chamou o médico-legista e vários professores da universidade. Havia ossos — bastante esmagados e lascados, mas claramente reconhecíveis como humanos — cuja data manifestamente moderna conflitava de maneira enigmática com o remoto período em que seu único esconderijo possível, o sótão baixo e de piso inclinado, tinha sido supostamente isolado a qualquer acesso humano. O médico-legista concluiu que alguns pertenciam a uma criança pequena, enquanto outros — encontrados misturados a pedaços de tecido marrom podre — pertenciam a uma mulher diminuta, corcunda e de idade avançada. A peneira cuidadosa dos escombros também revelou vários minúsculos ossos de ratos apanhados pelo colapso, bem como ossos de ratos mais velhos roídos por pequenas presas de uma forma que, vez por outra, gerava muita controvérsia e reflexão.

Outros objetos encontrados incluíam os fragmentos misturados de muitos livros e papéis, junto com poeira amarelada deixada pela total desintegração de livros e papéis ainda mais velhos. Todos, sem exceção, pareciam tratar de magia negra em suas formas mais horríveis e avançadas, e a data evidentemente recente de certos itens continua um mistério tão sem solução como o dos ossos humanos modernos. Um mistério ainda maior é a absoluta homogeneidade da escrita indecifrável e arcaica encontrada em um grande número de papéis cujas condições e marcas-d'água sugerem diferenças de idade de pelo menos 150 a 200 anos. No entanto, para alguns o maior mistério de todos é a variedade de objetos completamente inexplicáveis — objetos cujas formas, materiais, tipos de manufatura e propósitos frustram quaisquer conjecturas — encontrados espalhados entre os destroços em estados diferentes de conservação. Uma dessas coisas — que entusiasmou profundamente vários professores de Miskatonic — é uma monstruosidade muito danificada que lembra a estranha imagem que Gilman deu ao museu da faculdade, salvo por ser maior, feita de uma pedra azulada peculiar em vez de metal e possuir um pedestal singularmente angulado com hieróglifos indecifráveis.

Arqueólogos e antropólogos ainda tentam explicar os bizarros desenhos gravados em um vaso esmagado de metal leve, cujo interior continha ominosas manchas amarronzadas quando encontrado. Estrangeiros e avós crédulas também não param de falar de um crucifixo moderno de níquel com corrente quebrada misturado aos escombros e tremulamente identificado por Joe Mazurewicz como sendo o que ele dera ao pobre Gilman, muitos anos antes. Alguns acreditam que o crucifixo foi levado por ratos até o sótão lacrado, enquanto outros acham que devia ter estado no chão em algum canto do antigo quarto de Gilman o tempo todo. Outros ainda, incluindo o próprio Joe, têm teorias loucas e fantásticas demais para que recebam crédito.

Quando a parede inclinada do quarto de Gilman foi derrubada, descobriu-se que o espaço triangular outrora lacrado entre aquele tabique e a parede da frente da casa continha muito menos destroços estruturais, mesmo em proporção ao seu tamanho, do que o próprio quarto, embora tivesse uma horrenda camada de materiais mais velhos que paralisaram de horror os demolidores. Em resumo, o chão era um verdadeiro depósito de ossos de criancinhas — alguns razoavelmente modernos, mas outros remontando em gradações infinitas a um período tão remoto que a desintegração era quase completa. Nessa profunda camada óssea jazia uma faca de tamanho grande, óbvia antiguidade e desenho grotesco, ornado e exótico — sobre a qual os escombros se empilhavam.

No meio dos destroços, encravado entre uma tábua caída e um amontoado de tijolos cimentados da chaminé arruinada, estava um objeto destinado a causar mais perplexidade, temor velado e conversas abertamente supersticiosas em Arkham do que qualquer outra coisa descoberta no prédio maldito e assombrado. Esse objeto era o esqueleto parcialmente esmagado de um rato imenso e doente, cujas formas anormais ainda são um tópico de debate e fonte de singular reticência entre os membros do departamento de anatomia comparada da Miskatonic. Muito pouca coisa concernente a esse esqueleto foi vazada, mas os trabalhadores que o encontraram falam em tom chocado sobre os pelos longos e castanhos com os quais ele foi associado.

Os ossos das minúsculas patas, dizem os rumores, implicam características preênseis mais típicas de um macaco diminuto que de um rato, enquanto o crânio pequeno com suas selvagens presas amarelas é da mais absoluta anormalidade, parecendo de certos ângulos uma paródia em miniatura, monstruosamente degradada, de um crânio humano. Os trabalhadores se persignaram apavorados quando se depararam com essa blasfêmia, mas depois acenderam velas de gratidão na Igreja de Santo Estanislau, por causa do chiado agudo e fantasmagórico que eles sentiam que nunca mais voltariam a ouvir.

© *Copyright* desta tradução: Editora Martin Claret Ltda., 2020.

Direção
MARTIN CLARET

Produção editorial
CAROLINA MARANI LIMA / MAYARA ZUCHELI

Projeto gráfico
JOSÉ DUARTE T. DE CASTRO

Diagramação
GIOVANA QUADROTTI

Preparação
ALEXANDER BARUTTI A. SIQUEIRA

Ilustração de capa e guarda
RAPHAEL NOBRE STUDIO

Revisão
WALDIR MORAES

Impressão e acabamento
GEOGRÁFICA EDITORA

A ortografia deste livro segue o novo Acordo Ortográfico da Língua Portuguesa.

Dados Internacionais de Catalogação na Publicação (CIP)
(Câmara Brasileira do Livro, SP, Brasil)

Lovecraft, H. P., 1890-1937.
Contos: volume III / H. P. Lovecraft; [tradução Thelma Médici Nóbrega] - 1. ed. - São Paulo: Martin Claret, 2020.

1. Contos de horror 2. Contos norte-americanos I. Título
ISBN 978-65-86014-81-5

20-44410   CDD-813

Índices para catálogo sistemático:

1. Contos: Literatura norte-americana   813
Maria Alice Ferreira - Bibliotecária - CRB-8/7964

EDITORA MARTIN CLARET LTDA.
Rua Alegrete, 62 - Bairro Sumaré - CEP: 01254-010 - São Paulo - SP
Tel.: (11) 3672-8144 - www.martinclaret.com.br
Impresso - 2020

CONTINUE COM A GENTE!

- Editora Martin Claret
- editoramartinclaret
- @EdMartinClaret
- www.martinclaret.com.br